चार अन्धे

एम. मुबीन

अफ़साना पब्लिकेशन
थाणे, महाराष्ट्र, इंडिया

© Afsana Publication
Char Andhe (Short Stories)
By : M. Mubeen
Afsana Publication,
(Thane) Maharashtra, India
2nd Edition : December 2023
Printer : Chitra Printing Press, Bhayandar - Thane
ISBN : 978-81-19889-36-5

लेखक या प्रकाशक की पूर्व अनुमति के बिना, इस किताब के किसी भी भाग को पूर्ण या आंशिक रूप से पुनरुत्पादित, चयनित या दोहराया नहीं जा सकता है, न ही फोटोकॉपी, रिकॉर्डिंग, इलेक्ट्रॉनिक, मैकेनिकल रूप से या किसी भी रूप में किसी वेबसाइट पर अपलोड नहीं किया जा सकता है। साथ ही, इस किताब पर किसी भी प्रकार के विवाद को सुलझाने का अधिकार सिर्फ मुंबई (भारत) की न्यायपालिका को होगा।

किताब : **चार अंधे**
(बच्चों की कहानियां)
लेखक : एम. मुबीन
संकलन/सज्जा : अनवर मिर्ज़ा
मुख्य पृष्ठ : अनवर मिर्ज़ा /मोटि-ऊ Mote Oo
दूसरा संस्करण : दिसंबर २०२३
प्रकाशक : अफसाना पब्लिकेशन
मीरा रोड, ठाणे (महाराष्ट्र) ४०१ १०७
मोबाइल : +91 90294 49173
प्रकाशक : चित्रा प्रिंटिंग प्रेस, भायंदर - थाणे
मोबाइल : +91 81698 46694
ISBN : 978-81-19889-36-5

Afsana Publication अफसाना पब्लिकेशन
Nooh - 54, Room No.903, Opp. Kokan Bank, Station Road,
Mira Road - 401 107 (Thane) Maharashtra, India

कहानियां

०५ - आटे का डिब्बा

१३ - असली चांद रात

२१ - रिश्ता अजीब सा

२७ - तालाब

३५ - चार अंधे

४३ - गुफा

५१ - चालाक मोती

५९ - इल्म और हुनर

६७ - एकता की ताक़त

७५ - इनाम

८२ - तमांचा

आटे का डिब्बा

'सलीम, सलीम...'
अकबर दौड़ता हुआ आया और उसे आवाज़ देकर हांपने लगा।
'क्या बात है, इतना घबराया हुआ क्यों है? ऐसे बुरी तरह दौड़ा आया है कि सांस फूल गई है, क्या कोई ख़ास बात है?' सलीम ने उस से पूछा।
'बहुत ख़ास बात है, मज़ा आएगा' अकबर ने कहा और फिर हांपने लगा।
'ऐसी कौन सी बात है जिससे मज़ा आएगा?' उसने अकबर से पूछा।
'नदीम आटे का डिब्बा कांधे पर लेकर आटा पिसवाने चक्की पर गया है।' अकबर ने मुस्कराकर कहा।
'तो इस में कौन सी ख़ास बात है?' सलीम ने बुरा सा मुंह बनाया।
'उसके घर आटा ख़त्म हो गया होगा, इसलिए वो डिब्बा लेकर आटा पिसवाने चक्की पर गया होगा।'
'हाँ जानता हूँ...ये आम बात है।' अकबर ने झुंझला कर जवाब दिया।
'ख़ास बात ये है कि हम उसे अपनी शरारत का निशाना बना सकते हैं, ये कहने के लिए मैं तुम्हारे पास आया हूँ।'
'अरे हां...! इस बारे में तो मैंने सोचा ही नहीं।' सलीम की आंखें चमकने लगीं।
'तो अब कौन सी शरारत करने का इरादा है?' हमीद ने पूछा।
'क्यों ना हम उसके आटे का डिब्बा गिरा दें, आटा गिर कर ख़राब हो जायेगा तो नदीम को घर में खूब मार पड़ेगी।'
अकबर बोला। 'हाँ! ये शरारत ठीक है, लेकिन इस में ख़तरा है।'
'किस बात का ख़तरा?' अकबर ने पूछा।
'नदीम को जब मार पड़ेगी तो वो अपनी अम्मी को हमारा नाम बता देगा कि हम लोगों ने उसके आटे का डिब्बा गिराया है। इस तरह नदीम तो मार से बच

जाएगा, लेकिन उसकी अम्मी हमारे घर हमारी शिकायत लेकर पहुंच जाएगी, और जो मार नदीम को पड़ने वाली थी वो हम सबको पड़ेगी।' सलीम ने कहा।

'हां! ऐसा हो सकता है।' अकबर भी सोच में पड़ गया।

'क्या कोई ऐसा रास्ता नहीं निकाला जा सकता, जिससे नदीम के आटे का डिब्बा भी गिर जाये और उसे पता भी ना चले कि डिब्बा किस ने गिराया है?' हमीद बोला।

'हां! इस तरह का कोई रास्ता निकाला जा सकता है।' हमीद की बात सुनकर सलीम सोचता हुआ बोला।

'तो भाई फिर जल्दी से दिमाग़ चला कर कोई ऐसा रास्ता निकालो।' अकबर बोला।

'मिल गया रास्ता...!' अचानक सलीम चुटकी बजा कर बोला।

'रास्ता मिल गया? वाह ये तो बहुत अच्छी बात है, हमें भी तो बताओ कौन सा रास्ता है?' दोनों ने सलीम से पूछा।

'वो में बाद में बताऊंगा, तुम दोनों नाले के पुल के पास पहुँचो और उसके क़रीब के बड़े से दरख़्त के पीछे छुप कर खड़े हो जाओ, में भी दो मिनट में घर से आता हूं।' कहता सलीम घर की तरफ़ चल दिया।

सलीम अकबर और हमीद का गिनती गांव के शरारती बच्चों में होती थी, मुहल्ले वाले, गांव वाले, स्कूल वाले, सभी उनकी शरारतों से तंग थे।

वो हर बार कोई नई और अनोखी शरारत करते थे, शरारत करने पर उन्हें स्कूल में भी मार पड़ती थी और घर में भी, वो स्कूल में कोई शरारत करें या मुहल्ले में, शिकायत घर तक पहुंच ही जाती थी। स्कूल में शरारत करने पर स्कूल में तो मास्टरजी से खूब मार पड़ती ही थी, लेकिन जब इस शरारत की शिकायत घर तक पहुंचती थी तो घर में भी खूब मार पड़ती थी।

लेकिन हालत यह थी कि मार के डर से भी वो शरारत करना नहीं छोड़ते थे, वो मार खाने के आदी हो गए थे, शरारतों में जैसे उन्हें एक तरह का सुकून मिलता था। जब उनकी किसी शरारत से किसी का नुक़्सान होता था या तकलीफ़ पहुंचती थी तो उन्हें बड़ा मज़ा आता था, और हालत ये थी कि जिस दिन वह कोई शरारत ना करते उन्हें भी अच्छा नहीं लगता था और उनके घर वालों को भी यक़ीन नहीं आता था कि आज उनके बच्चों ने कोई शरारत नहीं की है।

जब ऐसा कोई दिन आता था वो इस बात पे तो बिलकुल यक़ीन नहीं करते थे कि उनके बच्चों ने कोई शरारत नहीं की होगी। वो ये सोच कर अपने दिल को बहला लेते थे कि चलो अच्छा हुआ। आज का दिन तो अच्छी तरह गुज़र गया,

बच्चों की किसी शरारत की शिकायत हम तक नहीं पहुंची।

स्कूल और गांव में ऐसे कई लोग थे। जो लगातार उनकी शरारतों के शिकार होते थे। उनमें एक नदीम भी था।

नदीम उनके स्कूल में ही पढ़ता था, भले ही उनकी क्लास अलग अलग थी, लेकिन स्कूल का वक़्त एक होने की वजह से स्कूल खुलते और बंद होते वक़्त और बीच की छुट्टी में तो उनका आमना सामना होता ही रहता था। तब वो नदीम को अपनी शरारतों का निशाना बनाते थे।

किसी दिन नदीम डर से बीच की छुट्टी में क्लास रुम के बाहर नहीं निकलता था, तो वो उसकी क्लास में पहुंच जाते थे, और वहां पहुंच कर उसे अपना शिकार बनाते थे।

नदीम को सख़्त वार्निंग थी अगर इस बात की शिकायत उसने मास्टरजी से या अपनी अम्मी से की तो ख़ैर नहीं।

इस धमकी के बाद अक्सर छोटी मोटी शरारतें तो नदीम चुपचाप बर्दाश्त कर जाता था, रो कर अपने आपको बहला लेता था। लेकिन उनकी किसी बड़ी शरारत पर उसने मास्टरजी या अपनी अम्मी से शिकायत कर दी तो उन तीनों को उसकी सज़ा तो मिलती थी लेकिन दूसरे दिन वो उनकी और बड़ी शरारत का शिकार होता था।

इन लोगों की वजह से नदीम की ज़िंदगी मुश्किल हो गई थी, नदीम एक यतीम लड़का था, उसके बाप का एक हादिसे में इंतेक़ाल हो गया था, उससे छोटे दो और भाई बहन थे। उसकी अम्मी लोगों के कपड़े सी कर इन सब का गुज़र बसर करती थी। नदीम पहले से ख़ामोश-तबीअत का था, बाप के इंतेक़ाल के बाद तो कुछ और ही ख़ामोश हो गया था। किसी से बातचीत नहीं करता था। कोई उस पर गुस्सा होता था तो चुपचाप उसका मुंह तकता रहता या फिर आंसू बहाने लगता।

इसी वजह से वो और ज़्यादा अकबर, सलीम और हमीद की शरारतों का निशाना बनता था। शरारत का शिकार होने के बाद शिकायत के नाम पर उसके मुंह से एक आवाज़ नहीं निकलती थी। आंसूओं की लड़ी आंखों से निकलने लगती, अगर किसी शरारत से उसको बहुत ज़्यादा दुख या तकलीफ़ पहुंचती तो वो फूट फूटकर रोने लगता था।

उसके रोने का वह लोग और ज़्यादा मज़ाक़ उड़ा कर उससे और ज़्यादा मज़ा लेते थे। इस तरह वो उन लोगों की शरारतों का मर्कज़ बन गया।

आज जब अकबर ने नदीम को कांधे पर आटे का डिब्बा रखकर चक्की की तरफ़ जाते देखा तो उसके शैतानी दिमाग़ में ख़याल आया कि उसे अपनी शरारत

का निशाना बनाने का बहुत अच्छा मौक़ा है।

वो चाहता तो ख़ुद भी उसे अपनी शरारत का निशाना बना सकता था। लेकिन उसके दो दोस्त इस शरारत का मज़ा लेने से रह जाते, इसलिए वो दौड़ा दौड़ा सलीम के पास आया ताकि तीनों मिलकर नदीम के साथ कोई शरारत करें, और तीनों इस शरारत के मज़े लें।

वैसे भी सलीम उनके ग्रूप का सीनियर था, शरारत का आईडीया भले ही उनका होता था, लेकिन उसको अंजाम सलीम ही देता था, और मज़े तीनों लेते थे।

इसलिए नदीम का डिब्बा गिराने की शरारत का आईडीया भी अकबर ही का था, लेकिन इसको किस तरह अंजाम दिया जाये कि नदीम को उनकी शरारत का पता ना चले ये आईडीया तो सलीम के दिमाग़ में था।

और सलीम किस तरह इस शरारत को अंजाम देने वाला है, इस बारे में पूरी तरह उन्हें भी पता नहीं था।

वो तो सलीम के हुक्म के मुताबिक़ नाले के पुल के पास पहुंच गए, और इस नाले के क़रीब के एक बड़े से दरख़्त के पीछे छुप कर खड़े हो गए। नदीम के घर से आटे की चक्की तक जो रास्ता जाता था वो इस नाले के पुल से ही हो कर गुज़रता था।

इसलिए ये तै था कि नदीम आटा पिसवा कर इसी रास्ते से अपने घर जाएगा, उसको अपने घर जाने के लिए और कोई रास्ता नहीं है, और शरारत ये करनी थी कि किसी तरह नदीम के हाथों के आटे के डिब्बे को कुछ इस तरह गिराना था कि वो सीधा जाकर नाले में गिर जाये और उसका सारा आटा ख़राब हो जाये।

ज़ाहिर सी बात है जब सारा आटा नाले में गिर कर ख़राब हो जाएगा तो सारा इल्ज़ाम नदीम पर आएगा, और उसकी घर में खूब पिटाई होगी। बड़ा मज़ा आएगा।

इस बीच हमीद आटे की चक्की से हो कर आया। उन्हें इस बात का डर था कि इस बीच नदीम आटा पिसवा कर घर ना चला गया हो, मगर ऐसा कुछ नहीं हुआ था।

नदीम चक्की पर ही था और चक्की वाला उसी का आटा पीस रहा था, यानी थोड़ी ही देर में वो आटे का डिब्बा अपने कांधे पर रख कर उनके सामने से नाले के पुल पर से गुज़र कर अपने घर जाने वाला था।

इस बीच सलीम भी घर से वापस आकर उनसे आ मिला, उसके हाथ में एक गुलैल थी, इसी गुलैल को लाने के लिए वह घर गया था, सलीम ने उन्हें बताया।

'अच्छा ये तो बताओ प्लान किया है?' अकबर ने पूछा।

‘प्लान बड़ा आसान सा है।’ सलीम कहने लगा, ‘जैसे ही नदीम नाले के पुल पर पहुँचेगा, मैं यहां से गुलैल से निशाना लगा कर उसके डिब्बे पर मारूंगा, डिब्बे पर-ज़ोर से पत्थर लगते ही डिब्बा नदीम के हाथों से छूट कर गिर जायेगा और सीधा जा कर नाले में गिरेगा, और सारा आटा ख़राब हो जाएगा।’

‘वाह वाह क्या प्लान है। हमने गुलैल से पत्थर मार कर नदीम के आटे का डिब्बा गिराया है, नदीम को या किसी को पता भी नहीं चलेगा, और हम यहां इस दरख़्त के पीछे छुपे उसकी बेबसी का मज़ा लेते रहेंगे।’ अकबर तालियाँ बजा कर बोला।

वो अभी यही बातें कर रहे थे कि उन्हें दूर से नदीम आटे का डिब्बा कांधे पर रख कर आता हुआ दिखाई दिया। वो संभल गए और उन्होंने खुद को उस बड़े से दरख़्त के तने के पीछे कच्छी तरह से छुपा लिया कि नदीम या किसी की भी नज़र उन पर पड़ने ना पाए।

सलीम गुलैल से निशाना लेकर तैयार हो गया। दोनों ने अपने मुंह पर हाथ रख लिए ताकि उनके मुँह से हंसी या कोई और आवाज़ ना निकले, जिसको सुन कर नदीम को उनकी मौजूदगी का पता चल जाए। खुशक़िस्मती से नदीम नाले के पुल के किनारे से जा रहा था, सलीम ने ज़ोर से गुलैल खींच कर पत्थर छोड़ दिया। पत्थर पूरी ताकत से जाकर नदीम के हाथों के डिब्बे पर लगा। जिससे नदीम के हाथों को एक झटका लगा और उन्होंने जो सोचा था वही हुआ। डिब्बा नदीम के हाथों से छूट कर नीचे गिरा और लुढ़कता हुआ नाले में जा गिरा। डिब्बे का सारा आटा ज़मीन पर और नाले में बिखर गया।

तीनों को बहुत ज़ोर की हंसी आई लेकिन उन्होंने अपना मुंह दबा कर हंसी रोक ली। इस अचानक होने वाले हादिसे से नदीम घबरा गया, वो नीचे उतरा। उसने डिब्बे को उठाया जो पूरी तरह ख़ाली था। उसने ज़मीन पर गिरे आटे को उठाने की कोशिश की लेकिन जब उसने देखा आटे के साथ मिट्टी भी आ रही है, तो मायूसी से उसने उसे रख दिया, उसकी आंखों में आँसू थे। वो डिब्बा उठा कर अपने घर की तरफ़ आंखों के आंसू पोंछता चल दिया।

वो तीनों भी धीरे धीरे उससे बचते उसके पीछे चल दिए। सही मज़ा तो अब आने वाला था। घर पर नदीम की किस तरह पिटाई होती है ये देखने में ।

नदीम के कमरे में दाख़िल होने के बाद वो उसके घर पहुंचे थे, और खिड़की के पास खड़े हो कर अंदर की बातें सुनने लगे।

‘ये क्या? तू तो आटा पिसवाने गया था ना?’ नदीम की अम्मी कह रही थीं।

‘हाँ...’

'फिर ये ख़ाली डिब्बा क्यों लेकर आया, आटा पिसवाया नहीं?'

'पिसवाया था, अम्मी...! नाले वाले पुल के पास पता नहीं किस तरह मेरे हाथ को झटका लगा और डिब्बा मेरे हाथों से छूट कर नाले में जा गिरा और सारा आटा ज़मीन और नाले में गिर गया।' नदीम ने जवाब दिया।

'या परवरदिगार...! इस लड़के ने ये क्या कर दिया।' नदीम की अम्मी माथा पीट कर बोलीं। 'तेरे हाथों में इतनी ताक़त नहीं है कि तू दो किलो गेहूं का आटा उठा सके?'

'अम्मी मैं ख़ुद नहीं जानता किस तरह वो डिब्बा मेरे हाथों से गिर गया।'

'अब गिरा दिया तो भूके रहना और अपने साथ साथ अपनी मां और अपने दोनों छोटे भाई बहनों को भी भूका रखना।' नदीम की अम्मी की आंखों में आंसू आ गए थे।

'क्या कह रही हो अम्मी?' नदीम हैरत से बोला।

'अरे मर्दूद...! घर में अनाज का एक दाना नहीं था। बड़ी मुश्किल से एक कपड़ा सिया, उसके जो पैसे आए थे उससे दो किलो गेहूँ ख़रीदा और तुझे आटा पिसवाने के लिए दिया, आटा पिस कर आ जाएगा तो रोटियाँ बुना लूंगी, और फिर हम सब चटनी नमक से उसे खा कर पेट की आग बुझा लेंगे। लेकिन तू ने सारा आटा ही गिरा दिया। अब क्या खाएंगे? अब तो भूके रहना पड़ेगा, और उस वक़्त तक भूके रहना पड़ेगा जब तक कोई कपड़ा सिलवाने ना आए, उसे मैं सियूं, उसके बाद जो पैसे आएँगे उसी से दूसरा गेहूँ आएगा, और आटा पिसवाने के बाद रोटियाँ पेट में जाएंगी।''

अन्दर नदीम की अम्मी रोते हुए नदीम से कह रही थीं लेकिन वो तीनों यह सुनकर सन्नाटे में आ गए थे। अंदर की बातें सुनकर तीनों के चेहरे उतर गए थे। उन्हें लग रहा था जैसे उनसे बहुत बड़ा गुनाह हो गया है।

सलीम धीरे से वहां से हट कर अपने घर की तरफ़ चल दिया। वो दोनों भी उसके पीछे पीछे चले आए।

'क्या हुआ सलीम?' अकबर ने पूछा।

'हमसे शरारत में बहुत बड़ा गुनाह हो गया है, अकबर! हमने एक मामूली शरारत की, सिर्फ मज़े लेने के लिए, लेकिन हमारी इस छोटी सी शरारत से नदीम का पूरा ख़ानदान अब भूका रहेगा, और कब तक भूका रहेगा कुछ कह नहीं सकते। ये सिर्फ़ और सिर्फ हमारी वजह से, हमारी शरारत की वजह से हुआ।'

'हां सलीम ये तो बहुत बुरा हुआ।' हमीद पशेमानी से बोला।

'सब कुछ मेरी वजह से हुआ।' अकबर शर्मिंदगी से बोला। 'इस शरारत का

सारा मन्सूबा मेरा था।'

'अब पछताने से किया फ़ायदा। माना उस शरारत का मन्सूबा तुम्हारा था। लेकिन इसमें शामिल तो हम तीनों थे। आज हमारी इस शरारत की वजह से उन बेकुसूरों को पता नहीं कब तक भूका रहना पड़ेगा।'

'हमने जो गुनाह किया है उसका कफ़्फ़ारा अदा करना बेहद ज़रूरी है।' अकबर अफ़सोस से बोला।

'लेकिन हम किस तरह इस गुनाह का कफ़्फ़ारा अदा कर सकते हैं।'

हमारी वजह से उनका खाना, आटा ख़राब हुआ। अब हमारा फ़र्ज़ है कि सज़ा के तौर पर हम उन्हें वो आटा लाकर दें।'

'हां हमें ऐसा ही करना चाहिए।' हमीद बोला। 'लेकिन गेहूं या आटा ख़रीदने के लिए हमारे पास पैसे कहां हैं?' अकबर बोला।

'मैंने अपने जेब ख़र्च के पैसों से कुछ पैसे बचा कर रखे हैं, में वो लाता हूं।' सलीम बोला।

'मेरे पास जो भी पैसे हैं मैं लाता हूं।'

'बाक़ी जो पैसे कम पड़ेंगे, मैं अपनी अम्मी से मांग लूंगा।' अकबर बोला।

तीनों ने पैसे जमा किए, उनसे गेहूं ख़रीदा, उसका आटा पिसवा कर नदीम के घर पहुंचे और वो नदीम की अम्मी को देते हुए शर्मिंदगी से बोले ।

'चाची! हम माफ़ी चाहते हैं, हमारी शरारत से नदीम के हाथों से डिब्बा गिरा, और आटा ख़राब हुआ है, इस गुनाह के कफ़्फ़ारे के तौर पर हम अपने पैसों से ये आटा लाए हैं। इसे क़बूल कीजीए। इससे रोटियां बुना कर अपने बच्चों को खिलाईये।'

उनके इस कफ़्फ़ारे को देखकर नदीम की अम्मी की आंखों में आंसू आ गए।

असली चांद रात

रमज़ान की उन्तीस्वीं तारीख़ थी। लोगों ने इफ़तार किया और मग़रिब की नमाज़ अदा की, अभी लोगों की नमाज़ पूरी ही हुई थी कि चारों तरफ़ से एक शोर उबल पड़ा।

'चांद दिखाई दे रहा है, चांद हो गया, चांद मुबारक।'

'कल ईद है, कल ईद-उल-फ़ित्र है।'

मुबारकबादीयां देते लोग एक दूसरे से गले मिलने लगे, पटाख़े फोड़ कर चांद होने की ख़ुश-ख़बरी दूसरों तक पहुंचाई जाने लगी, जिन लोगों को चांद की ख़बर हुई उन्होंने आसमान में चांद तलाश किया तो उन्हें भी चांद नज़र आ गया।

इस तरह अचानक चांद के हो जाने से लोगों की मसरुफ़ियत बढ़ गई। इस बात का अंदाज़ा लगाया जा रहा था कि शायद आज चांद ना हो। पूरे ३० रोज़े होने के बाद कल चांद दिखाई दे, ये सोच कर लोगों ने ईद की तैयारीयां नहीं की थीं।

अब अचानक चांद दिखाई देने से चांद-रात का समां बंध गया, दुकानों और सड़कों पर भीड़ बढ़ गई और लोगों की ख़रीदारी बढ़ गई और इतनी भीड़ बढ़ गई कि दुकानदारों को सामान देना मुश्किल हो गया।

ईद के लिए ज़रूरी सामान हर किसी को पूरे ख़ानदान के लिए ख़रीदना था। शीर ख़ुर्मा के सामान के साथ साथ कुर्ते, पाजामा, टोपियां, चप्पल, मुर्ग़ी मिठाईयां, दूध की ख़रीदारी के लिए दुकानों पर लोग टूट पड़े थे।

बड़ों के साथ साथ सबसे ज़्यादा ख़ुश बच्चे थे, रमज़ान भर वो जिन खेलों से दूर थे, चांद-रात को वो फिर से अपने उन्ही कामों में लग गए थे, हर किसी का चेहरा ख़ुशी से तमतमा रहा था, एक दूसरे से गले मिलकर चांद की मुबारकबाद दे रहे थे और ईद के लिए उन्होंने किस तरह के कपड़े बनाए बता रहे थे, और चाँद-रात की ख़रीदारी के बारे में बातें कर रहे थे। इशा की नमाज़ के बाद जब एजाज़, मुस्तक़ीम, एहसास और आरिफ़ एक दूसरे से मिले तो सब के चेहरे ख़ुशी

से खिले जा रहे थे, वो अपने ईद के कपड़ों के बारे में एक दूसरे को बता रहे थे।

'मैंने दो जोड़े कपड़े बनाए हैं।' आरिफ़ बोला।

'मैंने एक ही बनाया, हां कुर्ता पाजामा ख़रीदना है।' मुस्तक़ीम बोला।

उनकी बातें सुनकर एहसास ख़ामोश रहा।

'एहसास तुम ख़ामोश क्यों हो? जवाब क्यों नहीं देते कि तुमने ईद के लिए कितने जोड़े कपड़े बनाए हैं।' एजाज़ ने पूछा।

'सच्च बता दूं।' एहसास मायूसी से बोला।

'हां हां बताओ।' आरिफ़ ने पूछा।

'एक भी नहीं बनाया।' एहसास ने संजीदगी से जवाब दिया।

'क्या?' सब हैरत से उसका मुंह देखने लगे।

'ये मुस्लमानों का इतना बड़ा त्यौहार है, हर कोई ईद के लिए कपड़े बनाता है और तुमने कोई कपड़ा नहीं बनाया?'

'हां...! सिर्फ मैंने ही नहीं, हमारे घर में भी किसी ने कपड़े नहीं बनाए।' एहसास सर झुकाकर बोला।

'ऐसा क्यों?' सब ने हैरत से पूछा।

'तुमने कपड़े नहीं बनाए और तुम्हारे घर वालों ने भी...?'

'हां...!'

'मगर क्यों...?'

'कपड़े बनाने के लिए पैसे नहीं थे।' एहसास ने जवाब दिया।

'ओह...!' एहसास की बात सुन कर सबके होंटों से निकला।

'लेकिन तुम्हारे अब्बा तो एक दुकान पर काम करते हैं। क्या महीने भर में उन्हें इतने भी पैसे नहीं मिलते कि अपने घर वालों के लिए ईद के कपड़े बना सकते?' सब ने पूछा।

'रमज़ान शुरू होते ही मेरे अब्बा बीमार हो गए थे, वो काम पर महीना भर नहीं जा सके। इस वजह से उन्हें इस महीने की तनख़्वाह में एक रुपया भी नहीं मिल सका। उनके और अम्मी के पास जो बचत थी, उसमें किसी तरह रमज़ान का महीना गुज़र गया, यही अल्लाह का शुक्र है। बस इस वजह से घर में कपड़े नहीं बन सके और इसकी किसी को शिकायत नहीं है। सब घर की हालत अच्छी तरह जानते हैं, इसलिए सब ने सब्र कर लिया है।' एहसास ने जवाब दिया।

'ओहो...!' उसकी बात सुनकर सब ने एक ठंडी सांस ली।

थोड़ी देर के बाद एजाज़ बोला। 'ईद के दिन सारी दुनिया नए कपड़े पहनेगी, हम भी नए कपड़े पहनेंगे लेकिन हमारा दोस्त और इसके घर वाले नए कपड़े ना

पहनें हमें अच्छा नहीं लगेगा।'

'चलो हम दोस्त मिलकर तुम्हें रेडीमेड एक जोड़ा दिला देते हैं।'

मुस्तक़ीम ने कहा।

'नहीं मैं तुम लोगों का दिया नया कपड़ा नहीं पहनूंगा', एहसास सख़्ती से बोला।

'मगर क्यों...! जब तुम्हें कपड़े मिल रहे हैं तो पहनने में क्या हर्ज है?'

'कैसी बात करते हो? मेरे घर वाले, मेरे अम्मी अब्बू, मेरे भाई बहन नए कपड़े ना पहनें और सिर्फ मैं नए कपड़े पहनूं क्या ये अच्छी बात है? नहीं ये ठीक नहीं होगा, अगर तुम लोगों ने मुहब्बत से तोहफ़े के तौर पर मुझे नए कपड़े ला भी दिए तो भी मैं वो नए कपड़े कल ईद को नहीं पहनूंगा।' एहसास ने साफ़ कह दिया।

एहसास की बात सुनकर सब गहरी सोच में डूब गए। बात भी ठीक थी। अगर एहसास को नए कपड़े वो दिला भी दें तो वो भला किस तरह नए कपड़े पहन सकता था, जबकि उसके घर में किसी के नए कपड़े ना बने हों।

सब ख़ामोश रहे, फिर एहसास उठकर अपने घर चला गया। वो उसे लाख रोकते रहे कि इतनी जल्दी घर मत जाओ, आज चांद-रात है, रात भर खूब शहर की रौनक़ें देखेंगे, मज़ा लेंगे।

लेकिन वो नहीं रुका। उसके चले जाने के बाद वो सब भी उदास हो गए।

उन्होंने महीना भर प्लान बनाए थे कि चांद रात को खूब घूमें फिरेंगे, शहर की दुकानों की रौनक़ें देखेंगे, खाएंगे पियेंगे, लेकिन एहसास की बात सुनकर और एहसास के चले जाने के बाद उनका दिल भी कुछ करने को नहीं चाह रहा था।

वो सब ख़ुश हों और उनका एक दोस्त उदास, इससे भला उन्हें किस तरह कोई ख़ुशी मिल सकती है। देर तक वो सोचते रहे।

'हमारा दोस्त नए कपड़े नहीं पहनेगा तो दोस्ती का सबूत देते हुए हम भी कल ईद को नए कपड़े नहीं पहनेंगे', जज़्बात में एजाज़ ने ऐलान कर दिया।

'ये तो कोई बात नहीं हुई। इस बात की वजह से हमारे दोस्त को और शिद्दत से अपनी कमी का एहसास होगा कि उसकी वजह से उसके दोस्त भी ईद की ख़ुशियां नहीं मना सके।' मुस्तक़ीम बोला।

'हमें कोई ऐसा क़दम उठाना चाहिए जिस से एहसास ख़ुशी ख़ुशी नए कपड़े पहने और हम पूरे जोश से ईद मनाएं।'

'अब क्या रास्ता हो सकता है?' आरिफ़ ने पूछा।

'इसका एक ही रास्ता है और वह ये कि एहसास के सारे घरवालों को ईद के लिए नए कपड़े मिल जाएं। जब उसके सारे घर वालों को ईद के लिए नए कपड़े

मिल जाएंगे, वो उन्हें पहन लेंगे, तो एहसास भी ख़ुशी ख़ुशी नए कपड़े पहन कर ईद की ख़ुशियों में हमारे साथ शरीक हो जाएगा और हर साल की तरह हम चारों दोस्त पूरे जोश से ईद मना पाएंगे।'

'एहसास के कपड़ों के लिए पैसे तो हम अपने जेब ख़र्च के मिले पैसों से की गई बचत से खरीदेंगे', मुस्तक़ीम बोला, 'लेकिन हमारे पास इतने पैसे नहीं हैं कि उनसे हम एहसास के घर वालों के लिए भी कपड़े ख़रीद सकें।'

'तो क्या हुआ? हम हमारे दोस्त का मसला बता कर अपने अम्मी अब्बू से पैसे मांग कर उन पैसों से एहसास के घर वालों के लिए कपड़े ख़रीद लेते हैं।' आरिफ़ बोला

'नहीं।' मुस्तक़ीम ने कहा। 'एहसास बड़ा ख़ुद्दार है, उसे जब पता चलेगा कि हमने उसके घरवालों के कपड़े ख़रीदने के लिए अपने घर से पैसे मांगे हैं तो वह उन कपड़ों को छुएगा भी नहीं, ना अपने घर वालों को वो कपड़े लेने और पहनने देगा। हाँ अगर वो कपड़े हमारे पैसों के हों तो शायद फिर उसे इस पर कोई एतराज़ न होगा।'

'लेकिन हमारे पास तो इतने पैसे नहीं हैं।' एजाज़ बोला।

'और हमारे पास एक रात में इतने पैसे आ भी नहीं सकते हैं।' आरिफ़ बोला, 'इसलिए इस मसअले का कोई हल नहीं निकल सकता है, और ये तै है कि बेचारे एहसास की ईद और ख़ुशियां तो इस साल ख़राब हो गई हैं। शायद इस साल हमारी भी ईद और ख़ुशियां ख़राब हो जाएं।'

'नहीं ,नहीं, ऐसा नहीं होगा, हमें कुछ करना चाहिए, हम इस बारे में कुछ करते हैं।' एजाज़ बोला।

'हम क्या कर सकते हैं?' आरिफ़ ने पूछा।

'करना चाहें तो हम एक रात में इतने पैसे कमा सकते हैं कि उनसे आसानी से एहसास और उसके घर वालों के कपड़े बन जाएं। शर्त ये है कि हम लोग उसके लिए तैयार हूँ।' मुस्तक़ीम बोला

'हां हां, बिलकुल तैयार हैं।' सब ने एक साथ जवाब दिया।

'मेरे एक जान-पहचान वाले की जूते चप्पल की दो तीन दुकानें हैं, ईद की चांदरात को उन दुकानों में बहुत भीड़ रहती है। खरीदारों को जूते चप्पल दिखाने के लिए इस रात उन्हें ज़्यादा आदमियों की ज़रूरत होती है और वो उसके लिए मुंह-मांगे पैसे देते हैं। आज चांद-रात है, आज उन्हें आदमियों की ज़रूरत होगी, मैं उनसे कहूंगा तो वो हम तीनों को काम पर लगा लेंगे। हमें रात-भर काम करना है सुबह साढ़े चार बजे दुकान बंद हो जाती है। मैं समझता हूँ हमें इस रात काम करने

के दो हज़ार रुपये तो मिल ही जाऐंगे। इस तरह हम तीनों ने अगर काम किया तो हमें ६ हज़ार रुपये मिल जाऐंगे। हम इन ६ हज़ार में एहसास के सारे घर के कपड़े ख़रीद सकते हैं। इस तरह हमारे दोस्त उसके घर वालों की भी ईद अच्छी तरह से हो जाएगी और हमारी भी।' मुस्तक़ीम बोला।

'अरे वाह! ये तो बहुत अच्छी बात है और काम भी आसान सा है, अगर इस तरह से हमारे दोस्त के मसअले का हल निकल सकता है तो हम उसके लिए तैयार हैं।' एजाज़ बोला।

'लेकिन मेरा मश्वरा है, हम इस काम में एहसास को भी शामिल करें। एहसास हमारे साथ काम करेगा तो उसे भी अच्छा लगेगा कि मेरे दोस्तों ने मेरे और मेरे घरवालों के लिए जो मेहनत की उसमें मैं भी शामिल था।' आरिफ़ बोला।

'बिलकुल...! हमें इस काम में उसको भी साथ लेना चाहिए और वो ख़ुशी से इसके लिए तैयार हो जाएगा।' मुस्तक़ीम ने कहा।

'तो चलो। एहसास के घर जाते हैं, और उसे काम के लिए तैयार करते हैं।' एजाज़ ने कहा।

सब ने एहसास के घर का रुख किया, उन्होंने एहसास को अपना प्लान नहीं बताया। उस से सिर्फ इतना कहा कि मुस्तक़ीम के एक जान-पहचान वाले की जूते चप्पल की दुकान है, वो आज चाँद-रात को इन दुकानों में काम करने वाले लोगों को दो हज़ार रुपये देते हैं, हमने सोचा आज हम चाँद-रात में आवारागर्दी, मटरगश्ती करने के बजाय उन दुकानों में काम कर के दो हज़ार कमा लेते हैं। तुम भी हमारे साथ काम करो। तुम्हें भी दो हज़ार रुपये मिल जाऐंगे, और तुम्हारी ईद भी अच्छी तरह गुज़र जाएगी।' उन्होंने जब एहसास को ये बात बताई तो ये सुनकर उसकी आंखें चमकने लगीं,

'अरे ये तो बहुत अच्छी बात है, अगर एक रात काम करने के मुझे दो हज़ार रुपये मिल जाएं तो मेरे साथ मेरे घर वालों की भी ईद अच्छी तरह हो जाएगी।'

इसके बाद वो जूते चप्पल की दुकानों की तरफ़ चल दिए। मुस्तक़ीम ने जब दुकान के मालिक से दुकान में काम करने की बात की तो वो फ़ौरन उन्हें काम देने के लिए तैयार हो गया। क्योंकि इस वक़्त उसकी दुकानों में बहुत भीड़ थी, और उसे ग्राहकों को जूते चप्पल दिखाने वाले आदमियों की सख़्त ज़रूरत थी। उसने फ़ौरन उन्हें काम पर रख लिया। दो-दो की जोड़ी में वो दो दुकानों में काम करने लगे, काम कोई ऐसा मुश्किल भी नहीं था जिसको सीखना पड़े।

ग्राहक जिस जूते या चप्पल की तरफ़ इशारा करता था वो चप्पल निकाल कर उसे बतानी होती थी। वो अगर उसके पैर में फिट आ जाये तो ठीक है वर्ना कोई

दूसरी चप्पल जूता निकाल कर बता दिया या फिर दूसरे रंग का जूता चप्पल बता दिया।

अगर कोई ग्राहक किसी ख़ास ब्रांड की मांग करता था तो उसको उस ब्रांड के जूते चप्पल निकाल कर दिखाने थे। ग्राहकों को अगर वो पसंद आ जाते थे तो कैरी बैग में डाल कर वो जूते चप्पल मालिक की तरफ़ बढ़ा देते थे।

मालिक ग्राहक से उनकी क़ीमत वसूल कर के बैग उनके हवाले कर देता था। चारों बहुत अच्छी तरह काम कर रहे थे, ग्राहक भी खुश थे कि उनको ज़्यादा इंतिज़ार करना नहीं पड़ रहा है। उनकी मनपसन्द चीज़ें उनको फ़ौरन मिल जा रही हैं, और मालिक भी खुश। इन चार नए लड़कों की मदद से वह आज बड़ी तेज़ी से ग्राहकों को निप्टा रहा है। दस बजे उसे लग रहा था कि ये भीड़ तो सुबह सात बजे तक ख़त्म नहीं होगी लेकिन चारों इस फुर्ती और तेज़ी से काम कर रहे थे कि दो बजे के क़रीब ही सारी भीड़ ख़त्म हो गई।

इसके बाद जो नए ग्राहक आते उन्ही ग्राहकों को इन लड़कों को देखना होता था, चार बजे के क़रीब सारी भीड़ ख़त्म हो गई।

साढ़े चार बजे दुकान बंद करनी थी क्योंकि फ़ज्र की नमाज़ और ईद की नमाज़ की तैयारी भी करनी थी।

मालिक ने साढ़े चार बजे रात को दुकान बंद कर दी, और चारों का शुक्रिया अदा किया कि उन्होंने बड़े कड़े वक़्त में उनकी मदद की, अच्छी तरह ग्राहकों को समझ कर उनकी ज़रूरत पूरी की। जिससे उसका अच्छा धंदा हुआ, और उसने उन्हें काम करने के मुआवज़े के तौर पर दो-दो हज़ार रुपये दे दिए।

हर कोई दो हज़ार रुपये पा कर बेहद खुश था, सबसे ज़्यादा खुश तो एहसास था। वो तो ख़्वाब में भी नहीं सोच सकता था कि चाँद रात को इतनी आसानी से उसे दो हज़ार रुपये मिल जाऐंगे।

चारों ने अपने अपने पैसे एजाज़ को दिए और वह एहसास को लेकर एक रेडीमेड कपड़ों की दुकान में गए, और उससे कहा कि वो अपने भाई बहन, अम्मी अब्बू के लिए कपड़े पसंद करे।

'लेकिन इन कपड़ों की क़ीमत अदा करने के लिए तो मेरे पास पैसे नहीं हैं, फिर मैं किस तरह कपड़े पसंद करूं?'

'ये हमने चांद-रात को रात-भर मेहनत करके जो दो-दो हज़ार रुपये कमाए हैं इसी से हम सारे कपड़ों की क़ीमत अदा करेंगे।'

अपने दोस्तों की ये बात सुनकर एहसास हक्का बक्का रह गया। पहले उसने इनकार किया लेकिन अपने दोस्तों की कुर्बानी, और मुहब्बत देखकर उसका दिल भर आया, उसकी आंखों में आंसू आ गए और वह अपने घर वालों के लिए कपड़े पसंद

करने लगा।

आठ हज़ार में सारे घरवालों के कपड़े आ गए थे, एहसास के लिए, उसके भाई के लिए सूट, उसकी बहन और अम्मी के लिए ड्रैस, और उसके अब्बा के लिए कुर्ता पाजामा।

उसका चेहरा खुशी से दमक रहा था, उसकी खुशी देखकर उसके दोस्त भी खुशी से फूले नहीं समा रहे थे, उन्हें लग रहा था हर चांद रात को वो आवारागर्दी, मौज मज़ा करते रहते हैं। लेकिन असली चांद रात का मज़ा तो आज उन्होंने लिया है।

अपने दोस्त और उसके घर वालों को खुश देख कर।

✍ ✍

रिश्ता अजीब सा

परवेज़ जब स्कूल से आया तो उसके कानों में पड़ोसी ज़ोहरा चाची के बच्चे मुन्ना के रोने की आवाज़ पड़ी।

मुन्ना के रोने की आवाज़ सुन कर वो बेचैन हो गया। उसने अपना बस्ता रखा और ज़ोहरा चाची के घर जाने लगा तो उसकी अम्मी ने उसे टोक दिया।

'परवेज़ कहाँ जा रहे हो?'

'ज़ोहरा चाची के घर।' उसने जवाब दिया।

'क्यों...?' उसकी अम्मी ने पूछा।

'मुन्ना बहुत रो रहा है, उसे बहला कर आता हूं।' उसने जवाब दिया।

'मुन्ना तुमसे नहीं बहलेगा, उसे सख़्त बुख़ार है, आज सवेरे से वो लगातार रो रहा है। उसको चुप कराने की बहुत तरकीब की गई, लेकिन वो चुप होने का नाम ही नहीं ले रहा है।' उसकी अम्मी ने बताया।

'देखता हूं शायद मुझसे चुप हो जाये।' कहता हुआ वो घर से बाहर आया और ज़ोहरा चाची के मकान की तरफ़ बढ़ा।

जैसे जैसे वो ज़ोहरा चाची के मकान के क़रीब जा रहा था मुन्ना के रोने की आवाज़ तेज़ होती जा रही थी।

सलाम करके जब वो ज़ोहरा चाची के घर में दाख़िल हुआ तो उसने देखा ज़ोहरा चाची तो मुन्ना को गोद में लिए उसे बहलाने की कोशिश कर रही हैं।

'अरे मेरा राजा बेटा। मेरा प्यारा मुन्ना। मत रो मेरे लाल। ये आज तुझे क्या हो गया है। सवेरे से रोय जा रहा है। माना तुझे सख़्त बुख़ार है, लेकिन बुख़ार तो बच्चों को आता ही रहता है। तेरी दवा भी ला चुकी हूं, दवा से भी बुख़ार नहीं उतरा है। तू रोता है तो मेरा कलेजा मुंह को आता है। मेरे लाल, सवेरे से तू ने कुछ नहीं खाया तो तेरी माँ ने भी कुछ नहीं खाया है।'

ज़ोहरा चाची मुन्ना से बातें कर रही थीं लेकिन वो छ: महीने का बच्चा भला

इन बातों को क्या समझेगा। वो लगातार रोए जा रहा था।

'मुन्ना को क्या हुआ चाची, क्यों रो रहा है?' उसने पूछा।

'इसे सख़्त बुख़ार है बेटा, सवेरे से बस रोए जा रहा है। चुप होने का नाम नहीं ले रहा है।' चाची ने जवाब दिया।

'उसे बुख़ार है तो दवाख़ाने ले जाना था, दवाई लाना था।'

'दवाख़ाने ले गई थी और दवाई भी लाई थी लेकिन न तो इसका बुख़ार कम हो रहा है, और न इसका रोना। पता नहीं इसको क्या तकलीफ़ है। ये नन्ही सी जान बताने से तो रहा, बस लगातार रोए जा रहा है।' चाची ने बताया।

'लाईये इसे मेरे पास दे दीजीए। मेरे पास आकर वो चुप हो जाएगा।' चाची की गोद से मुन्ना को लेने के लिए उसने हाथ आगे बढ़ाए। मुन्ना ने भी उसे देखकर पास आने के लिए हाथ फैलाए और परवेज़ की गोद में आकर लिपट गया, मगर उसका रोना नहीं रुक रहा था।

'अरे मेरे बेटे, मेरे लाल, मेरे शेर, तू क्यों रो रहा है। तू तो मेरा शेर है ना, शेर भला इस तरह रोते हैं? शेर तो गरजते हैं, दहाड़ते हैं उई...उई...उई' कहते हुए वो उसको गुदगुदी करने लगा।

पहले जब वो मुन्ना को गुदगुदी करता था तो उसकी गुदगुदी पर वो खिलखिला कर हंसता था। लेकिन आज गुदगुदी करने पर और भी ज़्यादा ज़ोरज़ोर से रोने लगा।

उसे ज़्यादा ज़ोर से रोता देख कर उसने मुन्ना के गुदगुदी करना बंद कर दिया और उसकी पीठ थपथपाने लगा।

'क्या हो गया मेरे राजा को, मेरे शेर को क्या हो गया है जो इस बुरी तरह से रो रहा है।' उसने जब मुन्ना के जिस्म को छुआ तो उसके जिस्म में ख़ौफ़ की एक लहर दौड़ गई। मुन्ना का जिस्म तवे की तरह तप रहा था।

'चाची मुन्ना को तो सख़्त बुख़ार है', उसने चाची से कहा ।

'हां बेटा...' चाची ने जवाब दिया। 'रात से ही उसे सख़्त बुख़ार है और रात से रो रहा है। सोता भी नहीं। मुश्किल से दस पंद्रह मिनट सो पाता है और फिर जाग कर रोने लगता है।'

'आप इसे डॉक्टर के पास ले गई थीं। डॉक्टर ने क्या कहा?'

'डॉक्टर ने दवा दी और कहा कि इनफ़ेक्शन है, ठीक हो जाएगा। लेकिन इसे तो अब भी सख़्त बुख़ार है। इसका बुख़ार दवा देने के बाद भी कम नहीं हो रहा है।'

'इनफेक्शन है तो इसका किसी अच्छे डॉक्टर से इलाज कराना पड़ेगा। आप इसे किस डॉक्टर के पास लेकर गई थीं...?'

'मुहल्ले के डॉक्टर, डॉक्टर आलम के पास।'

'ओह...!' उसके मुँह से निकला।

'ठीक है, डॉक्टर आलम अच्छे डॉक्टर हैं, लेकिन वो बच्चों के स्पेशलिस्ट नहीं हैं, आपको इसे किसी बच्चों के रोग के माहिर डॉक्टर के पास ले जाना चाहिए था। डॉक्टर अनीस या डॉक्टर सलाम के पास। वो फ़ौरन बच्चों की बीमारी पकड़ लेते हैं, और ऐसी दवा देते हैं कि दो तीन घंटे में बच्चे को आराम मिल जाता है।'

'लेकिन परवेज़ बेटा, उनकी फ़ीस भी तो बहुत ज़्यादा होती है।'

'बच्चों की बीमारी के सामने हमें पैसों को नहीं देखना चाहिए।'

'तुम्हारी बात मैं अच्छी तरह समझती हूं बेटा, मुन्ना मेरा बेटा है, मुझे तुमसे ज़्यादा उसकी फ़िक्र है, मगर हमारी मजबूरी है, मेरे पास इतने पैसे नहीं हैं कि मैं उसे किसी अच्छे, माहिर, बड़े डॉक्टर को दिखा सकूं। इसलिए पच्चास रुपय में डॉक्टर आलम के पास से दवा ले आई, अल्लाह चाहेगा तो इससे मुन्ना को शिफ़ा हो जाएगी।'

'ओह...' चाची की बातें सुनकर वो गहरी सोच में पड़ गया। वो चाची की मजबूरी को अच्छी तरह समझता था और उनके घर की हालत से अच्छी तरह वाक़िफ़ था।

ताहिर चाचा एक गोदाम में मज़दूरी करते थे, उनकी आमदनी ज़्यादा नहीं थी, मुन्ना से बड़ी उनकी एक लड़की थी, यूं तो उनका छोटा सा ही कुम्बा था लेकिन इस महंगाई के दौर में बढ़ी हुई जरूरतों की वजह से आमदनी कम हो गई है और ख़र्च ज़्यादा।

सचमुच पांच सौ रुपय उनके लिए बड़ी रक़म होगी। तब ही तो बुख़ार से तपते अपने छः महीने के बच्चे को वो किसी अच्छे डॉक्टर के पास ले जाने से भी मजबूर हो गए थे, वर्ना कौन मां बाप चाहेंगे कि उनके पास पैसे हों और उनकी औलाद इस तरह बीमारी से तड़पती रहे।

उसने मुन्ना को लाख बहलाने की कोशिश की लेकिन आज वो उससे भी नहीं बहला था। वर्ना वो उससे इतना हिलमिल गया था कि घंटों उसके पास रहता था। उसके पास होता था तो अपनी मां, बाप और बहन के पास भी नहीं जाता था, वो अगर रो रहा होता तो उसकी गोद में जाते ही चुप हो जाता था। उसे भी मुन्ना से बेहद लगाव हो गया था।

जब पहली बार ताहिर चाचा उनके पड़ोस में रहने के लिए आए थे और उसने मुन्ना को देखा था तो पहली नज़र में ही वो उसके दिल को भा गया था। वो अपनी मां की गोद में था, उसपर नज़र पड़ते ही देखकर मुस्कुराने लगा, उसकी मासूम

मुस्कुराहट देखकर परवेज़ को बे-इख़्तियार उस पर प्यार आ गया। उसने मुन्ना को गोद में ले लिया और देर तक उसे खिलाता रहा। मुन्ना भी उसके साथ खेलता रहा। इसके बाद ये उसका रोज़ का काम हो गया था।

जब भी वो स्कूल से आता, मुन्ना के पास जाता और उसे लेकर मुहल्ले में घूमने निकल पड़ता था। मुन्ना भी बाहर के लोगों और चीज़ों को टुकर टुकर देख कर बहुत ख़ुश होता था। वो उससे इतना हलिमिल गया था कि उसे दूर से भी देख लेता था तो किलकारियां मारने लगता था।

अक्सर वो उसे घर ले आता था। उसके घरवाले भी उसे बेहद पसंद करते थे। उसके अब्बा, भाई बहन और वो उसके साथ खूब खेलते थे। उसकी अम्मी भी जब मुन्ना को गोद में ले लेती थीं तो गोद से नहीं उतारती थीं। उसका मुँह धुलातीं, पाउडर, काजल लगाती थीं, और उसे इस तरह सीने से लगाए रहती थीं जैसे उनका अपना बच्चा हो, उसने कई बार महसूस किया कि अक्सर उसकी अम्मी मुन्ना को देखते हुए कहीं खो जाती हैं, और एक दो बार तो उसने अपनी अम्मी की आँखों में आंसू भी देखे थे। मुन्ना को देखते हुए अपनी अम्मी की आंखों में आंसू देखकर वो चौंक गया था।

उसने इस पर अम्मी को टोका भी था कि 'अम्मी आप क्यों रो रही हैं?' तो अम्मी ने 'कोई बात नहीं', कह कर, हंस कर टाल दिया था।

वो समझ गया था कि कोई ना कोई बात है, जो अम्मी उससे छुपा रही हैं।

लेकिन उसने भी ठान लिया था कि वो इस बात को जान कर ही दम लेगा। लाख कोशिश करने के बावजूद वो ये समझ नहीं पा रहा था कि उसकी अम्मी ऐसा क्यों करती हैं, और आख़िर वो क्या बात है, कौन सा राज़ है जो वो उससे छुपा रही हैं।

एक दिन उसने अम्मी को फिर उसी हालत में देखा। वो मुन्ना को अपने सामने बिठाए हुए थीं, मुन्ना अपने हाथ ज़ोर ज़ोर से हिला रहा था और अम्मी उसे देखती जा रही थीं, उनकी आँखों से लगातार आंसू बह रहे थे।

'अम्मी...आज तो आपको बताना ही पड़ेगा आख़िर ऐसी क्या बात है, वो कौनसा राज़ है कि आप मुन्ना को चुपके चुपके देखती हैं, और आंसू बहाती रहती हैं और पूछने पर कुछ भी नहीं बतातीं। आज आप इस बात से इनकार नहीं कर सकतीं, मैं बहुत देर से छत पर से आपको देख रहा हूँ, आप मुन्ना को देख देखकर लगातार आंसू बहाए जा रही हैं।'

उसने अम्मी की चोरी रंगे हाथों पकड़ ली थी इसलिए अम्मी इस बात से इनकार ही नहीं कर सकती थीं, उन्होंने अपनी आंखों से आँसू पोंछे और कहने

लगीं, 'ये एक ऐसी बात और राज़ है बेटे, जिसको जान कर तुम्हारे दिल पर भी चोट लगेगी।'

'हां अम्मी मैं वही राज़ जानना चाहता हूं।' परवेज़ ने कहा।

'तो सुनो, परवेज़ बेटे।' अम्मी बोलीं, 'तुम से बड़ा तुम्हारा एक भाई भी था बिलकुल इस मुन्ने की तरह गोरा, चिट्टा, मोटा, हँसमुख, जो उसे देखता था, उसपर प्यार आ जाता था। मुन्ना की उम्र का ही था।'

'ओह...' उसे पहली बार पता चला था कि उसका कोई बड़ा भाई भी था।

'अगर मेरा कोई बड़ा भाई है, तो वो कहाँ है अम्मी?'

'वो अल्लाह मियां के पास चला गया बेटे।' अम्मी ने जवाब दिया।

'क्या...?' अम्मी की बात सुनकर वो चौंक पड़ा।

'हां बेटे। अम्मी की आँखों में आँसू आ गए, वो आंसू पोंछ कर बोलीं। 'अचानक वो सख़्त बीमार पड़ गया, हमने उसका बहुत इलाज किया, लाख जतन किए लेकिन अल्लाह की मर्ज़ी के आगे किस की चलती है, और वो अल्लाह को प्यारा हो गया। उसके ग़म में तुम्हारे अब्बू और मेरी हालत पागलों जैसी हो गई। दो बरसों तक हम इस ग़म के पहाड़ का बोझ उठाते रहे। फिर तुम आ गए तो हम तुमको पा कर तुम्हारे बड़े भाई का ग़म भूल गए, और इस बात को तो हम लगभग भूल ही गए थे। अचानक ये मुन्ना हमारे पड़ोस में रहने के लिए आ गया। उसको देखकर फिर मेरी सारी यादें ताज़ा हो गईं, अब में जब भी इसे देखती हूं, तुम्हारे भाई की याद आती है, जब भी मैं इसे गोद में लेती हूं मुझे महसूस होता है, जैसे तुम्हारा भाई मेरी गोद में है।"

अब इस बात को सुन कर उसने एक लंबी सांस ली, अब उसकी अम्मी का मुन्ना से लगाव और मुन्ना को देख कर उनके आंसू बहाने की वजह उसकी समझ में आ गई थी। इसके बाद तो उसे मुन्ना से और ज़्यादा प्यार हो गया था। उसे उसमें अपना खोया हुआ भाई दिखाई देता था। और वह मुन्ना को और ज़्यादा चाहने लगा था। मुन्ना सिर्फ उसी का नहीं उसके सारे घर का प्यारा था। उसे उसके घर वाले उतना ही प्यार देते थे जितना उसके अम्मी अब्बा देते थे।

वही मुन्ना सख़्त बीमार था, उसकी बीमारी से उसकी अम्मी के घर वाले जितने परेशान थे वो भी उतना ही परेशान था, उसका दिल कह रहा था कि मुन्ना को अगर किसी बच्चों की बीमारी के माहिर डॉक्टर को बताया जाये तो उसके इलाज से वो अच्छा हो जायेगा। उसे किसी बड़े डॉक्टर के पास ले जाना चाहिए। लेकिन चाची ने उसे अपनी मजबूरी बता दी थी। ये मजबूरी बहुत बड़ी मजबूरी थी, सचमुच वो इतने मजबूर हैं कि मुन्ना को किसी अच्छे डॉक्टर के पास नहीं ले जा सकते। उसे

लगा पैसों की वजह से एक बीमारी ने उसका बड़ा भाई उससे छीन लिया। वह मुन्ना जिसमें उसको, उसके सारे घर वालों को उसका बिछड़ा हुआ भाई दिखाई देता है, बीमार है, अगर उसका अच्छी तरह इलाज नहीं हुआ तो कहीं ये भी उनसे न बिछड़ जाये।

'नहीं नहीं ऐसा नहीं हो सकता, ऐसा नहीं होना चाहिए। मैं ऐसा नहीं होने दूंगा', वो ये सब सोच कर डर गया। फिर खुद ही बड़बड़ाने लगा।

मुन्ना के इलाज के लिए उसकी अम्मी और अब्बू तो फ़ौरन पैसे दे देंगे। लेकिन उसे पता था ज़ोहरा चाची और ताहिर चाचा बड़े खुद्दार थे।

'हां, अगर वो उनकी मदद करे तो शायद वो उसके लिए तैयार हो जाएं। लेकिन उसके पास इतने पैसे कहां से आने वाले थे। उसे स्कूल और जेब ख़र्च के लिए पांच रुपय रोज़ाना मिलते हैं। पांच सौ रुपय तो उसके सौ दिनों का जेब ख़र्च है।

अचानक उसकी आंखों में एक चमक सी लहराई और उसे महसूस हुआ जैसे इस मसअले का हल उसके हाथ लग गया है।

उसे याद आया उसके पास एक गुल्लक थी, जो भी पैसे बच जाते थे वो उसमें डालता रहता था, या उसके रिश्तेदार, मेहमान जो भी उसे पांच रुपय, दस रुपय देते, उसमें डाल देता था। लेकिन कई महीनों से उसमें एक पैसा भी नहीं डाला है, क्योंकि उसे जेब ख़र्च के लिए पाँच रुपय काफ़ी नहीं होते हैं। लेकिन उसे इस बात का यक़ीन था, इस गुल्लक से इतने रुपए तो निकल ही आएंगे, जिससे मुन्ना का अच्छे डॉक्टर के पास इलाज हो सके।

उसने फ़ौरन वो गुल्लक निकाली, उसको तोड़ कर उसमें से रुपए निकाले और गिनने लगा, उसमें पूरे छ: सौ रुपए थे, उसकी आंखों में एक चमक सी लहरा गई। इन पैसों में उसका काम हो जाएगा। वह सारे पैसे लेकर ज़ोहरा चाची के पास पहुंचा और उनसे कहा कि ये पैसे लेकर वो फ़ौरन किसी अच्छे डॉक्टर के पास जाकर मुन्ना का इलाज कराएं।

पहले तो उन्होंने इनकार किया लेकिन जब उसने उन्हें बताया कि वह ये पैसे कहां से लाया है तो इस शर्त पर उन्होंने ले लिए कि उनके पास रुपय आने पर उसे ये पैसे वापिस लेने होंगे। वो ये बात मान गया। चाची मुन्ना को लेकर एक डॉक्टर के पास चली गईं। उस डॉक्टर के इलाज से मुन्ना को फ़ौरन फ़ायदा हो गया। उसका बुख़ार उतर गया।

दूसरे दिन वो पहले की तरह हंस रहा था, किलकारियां मार रहा था।

✍ ✍

तालाब

अप्रैल का महीना अभी शुरू नहीं हुआ था, और गांव में पानी की क़िल्लत शुरू हो गई थी, खेत सूख कर बंजर हो गए थे, कुंवें सूख गए थे। पूरे गांव में सिर्फ एक-आध कुंआं ही था जिसमें पानी था और सारा गांव उसका पानी पीने के लिए इस्तेमाल करता था। वो भी कभी कभी सूख जाता था।

बच्चे बूढ़े सर पर कलसियां, हण्डे लाद कर दूर दूर जाते और पीने के लिए पानी लाते, जानवरों के लिए पीने का पानी मिलना मुश्किल हो जाता, कुछ लोग अपने पालतू जानवरों को तो पीने के लिए थोड़ा बहुत पानी दे देते थे लेकिन दूसरे जानवर या तो प्यास से तड़पते रहते या फिर गटर के गंदे पानी से अपनी प्यास बुझाते।

बरसों से गांव पर ये मुसीबत जारी थी। किसी किसी तालाब में जब बारिश के आख़िरी दिनों में अच्छी बारिश होती थी तो कुँवें का पानी अप्रैल और मई में भी चल जाता था लेकिन अगर जून में बारिश में देर हो गई तो फिर से कुंवें सूख जाते थे और वही मसला उठ खड़ा होता था।

तीन महीने बड़ी मुश्किलों में गुज़रते थे। खेत के कुंवों को पानी न होने की वजह से खेत में कोई काम नहीं होता था और खेतों में काम करने वाले तमाम लोग बेरोज़गार हो जाते थे। गांव में बेकारी बढ़ जाती थी, काम न होने की वजह से घर में पैसों की तंगी हो जाती थी, और जो पूरी तरह खेती-बाड़ी पर निर्भर रहते थे, ऐसे कुछ-कुछ घरों में तो भूखे मरने की नौबत आ जाती थी। दूसरी मार ये होती थी कि पीने के लिए पानी भी नहीं होता था, गांव के लोगों का आधा दिन पीने और इस्तेमाल करने के लिए पानी की तलाश में जाता था।

जब दूर दूर के कुंओं का पानी भी कम होने लगता तो एक और मुसीबत खड़ी हो जाती थी, वहां के लोग इन कुंओं से गांव वालों को पानी लेने नहीं देते थे, कहते कि कुंओं में पानी कम हो रहा है। सारा पानी तुम लोग ही लेकर जाओगे तो एक

वक़्त ऐसा आएगा कि हम लोगों को पानी के बग़ैर प्यासा मरना पड़ेगा। तब मसअला खड़ा हो जाता। ऐसी हालत में गांव के सौ पच्चास लोग मिलकर एक मोर्चा की शक्ल में शहर जाते और तहसीलदार को अपने गांव की हालत बताते।

इस पर वो गांव को टैंकर से पानी देना शुरू कर देता था। रोज़ाना एक दो टैंकर पानी के आते जिससे सहारा मिलता, ऐसे में मुश्किल से लोगों को पीने का पानी मिल पाता था।

टैंकर से पानी हासिल करने के लिए लोगों में लड़ाई झगड़े, मारा मारी होती। कभी कभी गिरोही टकराव और पथराओ भी हो जाता था। जिसमें कई लोग ज़ख़्मी हो जाते थे, और लोगों के बीच दुश्मनियां बढ़ जाती थीं।

बचपन से असलम अपने गावं का ये नज़्ज़ारा देखता आ रहा था। उसे कभी कभी बड़ा अफ़सोस होता था कि दुनिया इतनी तरक़्क़ी कर रही है और सारी दुनिया में पीने के पानी को अहमियत दी जाती है। इस वजह से पीने के पानी की क़िल्लत सारी दुनिया में ख़त्म भी हो रही है। लेकिन उसका गांव आज भी सदियों पुराना पिछड़ा हुआ गांव है, जहां लोगों को पीने के लिए पानी भी नसीब नहीं है।

उसे भी गांव वालों और गांव के लीडरों पर ग़ुस्सा आता था कि वो लोग इस मअसले का हल क्यों नहीं निकालते हैं, लेकिन इस मसअले का हल क्या हो सकता है। ये तो वो भी नहीं जानता था। वो तो बहुत छोटा था, गांव के बड़े बड़े महारथी बरसों में इस मसअले का हल नहीं ढूंढ पाए थे, तो भला वो क्या कर सकता था।

लेकिन उसके दिल में एक धुन थी, इस मसअले का हल ढूढ़ने की धन, उसने तै कर लिया था कि एक दिन वो इस मसअले का हल ढूंढ कर रहेगा, और सारे गांव को इस जंजाल से निकाल लेगा।

जब वो अपने दोस्तों के साथ इस बारे में बातें करता था, तो सब उसका मज़ाक़ उड़ाते थे। 'सैंकड़ों बरसों से बड़े बड़े लोग इस मसअले का हल ढूंढ नहीं सके, और तुम बच्चे, आठवीं क्लास के स्टूडंट, इस मसअले का हल ढूंढ़ोगे? पागल हो गए हो शायद!

'नहीं, आज तक किसी ने संजीदगी से इस मसअले का हल खोजने की कोशिश ही नहीं की, अगर संजीदगी से इस सिलसिले में काम करते तो ये मसअला हल हो जाता। लोग दो महीने तकलीफ़ उठाते हैं। फिर जैसे ही बारिश शुरू होती है, मसअला ख़त्म हो जाता है। इसलिए लोग इस बात को भूल जाते हैं कि अगले साल फिर उन्हें इसी मसअले का सामना करना पड़ेगा। इसलिए इसका कोई हल निकाला जाये।' वो अपने दोस्तों से कहता।

'फिर तुम क्या करोगे? हमें क्या करना है बताओ?' उसके दोस्त उसका मज़ाक़

उड़ाते हुए उससे पूछते।

'अगर मैं इस मसअले का कोई हल ढूंढ निकालूं तो तुम इस काम में मेरी मदद करोगे ना? मैं सिर्फ़ तुम लोगों से इतनी मदद चाहता हूं।'

'हां, हां...हम ज़रूर तुम्हारी मदद करेंगे, अरे अगर तुम इस मसअले का मुनासिब हल ढूंढ लो तो हम क्या, सारा गांव इस काम में तुम्हारी मदद करेगा', उसके दोस्त जब उससे कहते तो उसे बड़ी तसल्ली मिलती थी कि इस काम में उसके दोस्त भी उसके साथ हैं, वो अकेला नहीं है।

कहते हैं कि ढूंढने वाले को खुदा भी मिल जाता है, और असलम तो एक नेक काम का हल ढूंढ रहा था। उसकी नीयत नेक थी, इसलिए उसको जैसे कुदरत से मदद मिल गई, वो आठवीं जमात का स्टूडंट था।

एक दिन उसने अपनी जुग़राफ़िया की किताब में तालाब के बारे में पढ़ा, तालाब में पानी ज़ख़ीरा किया जा सकता है, जो साल भर इस्तेमाल के काम आ सकता है। जहां तालाब होता है वहां के कुंओं को कुदरती तौर पर उस तालाब से पानी मिलता रहता है। तालाब की वजह से उस इलाक़े में हरियाली रहती है। क्योंकि पेड़ पौदों को उस तालाब से पानी मिलता रहता है। तालाब की वजह से उस इलाक़े में कुदरती तौर पर ज़्यादा बारिश होती है। तालाब के बारे में ये सब पढ़ कर वो हैरान रह गया।

उसने सोचा तालाब के इतने फ़ायदे हैं, लेकिन हमारे गांव में तो कोई तालाब है ही नहीं। अगर हमारे गांव में कोई तालाब होता तो हमें कभी पानी की क़िल्लत का सामना करना नहीं पड़ता। उस तालाब में जमा किया गया पानी क़िल्लत के दिनों में काम आता है। उसने इस बारे में और मालूमात हासिल करने की कोशिश की। उसे गांव की लाइब्रेरी में तालाब के सब्जेक्ट पर एक किताब मिल गई।

उसमें तालाब के फ़ायदे तो बताए गए थे, साथ ही साथ तालाब किस तरह खोदा जाये, उसके खोदने में किन-किन बातों को ध्यान में रखा जाये, उसके बारे में भी तफ़सील से बातें लिखी थीं। उनको पढ़ कर वो जोश में आ गया।

आख़िर उसने गांव की पानी की क़िल्लत के मसअले का हल खोज निकाला था। अगर गांव में एक तालाब खोद दिया जाये तो गांव का मसअला हमेशा के लिए ख़त्म हो जाता है। उसने तालाब खोदने के लिए एक जगह भी देख ली थी।

किताब में लिखा था तालाब जिस जगह खोदा जाये वह जगह ज़मीन की सतह से थोड़ी नीची होनी चाहिए। ज़मीन के स्तर से नीचे होने का ये फ़ायदा है कि बारिश का पानी जो बारिश के दिनों में बरस कर बर्बाद हो जाता है, इस निचली सतह के इलाक़े की तरफ बहता हुआ जाता है। ऐसे में वहां कोई तालाब हो तो वो

बारिश का पानी बर्बाद होने के बजाय वहां जमा होना शुरू हो जाता है। बारिश का पानी कुदरती तौर पर आसानी से जमा करने का ये सबसे आसान तरीक़ा है। उसने अपना मन्सूबा अपने दोस्तों को बताया।

'अगर गांव में एक तालाब खोद दिया जाये तो गांव में पानी की क़िल्लत का ये मसअला हमेशा के लिए ख़त्म हो जाएगा, इसके लिए उसने जगह भी देख रखी है, अब ये बात गांव वालों तक किस तरह पहुंचाई जाये?'

'बड़ा आसान सा तरीक़ा है', उसकी बात सुनकर उसके एक दोस्त ने कहा, 'शाम को गांव की चौपाल में गांव के सभी बड़े लोग जमा होते हैं। उनको तुमने अपना मन्सूबा बता दिया तो सारे गांव को तुम्हारे मंसूबे की ख़बर हो जाएगी।'

'तब ठीक है', दोस्त की बात सुनकर वो बोला, 'शाम को चौपाल पहुंच कर गांव वालों को ये बात बताते हैं।'

शाम को वो अपने दोस्तों के साथ चौपाल पहुंच गया। चौपाल मैं सच-मुच गांव के सभी बड़े लोग जमा थे। सरपंच, लीडर, नेता, मुखिया वग़ैरा।

उसने एक तक़रीर के ज़रीये उन्हें बताया कि किस तरह गांव की पानी की क़िल्लत गांव में किसी जगह तालाब खोद कर दूर की जा सकती है, और इसके दूसरे फ़ायदे भी बताए कि इसकी वजह से गांव के कुंओं में हमेशा पानी रहेगा। माहौल में ठंडक और हरियाली रहेगी, बारिश अच्छी होगी, पीने का पानी मिलेगा, वो पानी खेती के लिए भी इस्तेमाल हो सकता है। गांव वालों ने ग़ौर से उसकी बातें सुनीं, उसकी बात सबको पसंद आई।

'असलम बेटे, तुम्हारी राय तो बहुत अच्छी है, लेकिन सवाल ये उठता है कि उस जगह तालाब खोदेगा कौन?' मुखिया ने सवाल उठाया ।

'उसकी आप फ़िक्र ना करें', एक लीडर टाइप आदमी बोला। 'मैं रियासत के मंत्री को ख़त लिखता हूँ कि हमारे गांव में सरकार एक तालाब खुदवा दे ताकि गांव में पानी की क़िल्लत का मसअला दूर हो जाये।'

'मंत्री तो फ़ैसला लेने और तालाब खोदने का हुक्म देने में बरसों लगा देगा। सरकारी काम काज तो कछुअे की रफ़्तार से ही होते हैं।' एक आदमी ने बुरा सामना बना कर जवाब दिया।

'हम पच्चास लोग मोर्चा लेकर तहसीलदार के पास जाते हैं और उसे मैमोरंडम देते हैं कि गांव में तालाब खोदा जाये।' दूसरा लीडर टाइप आदमी बोला।

'इससे भी कुछ हासिल नहीं होगा, वो हमारे मैमोरंडम को ऊपर रवाना कर देगा और ऊपर से जवाब आने में बरसों लग जाऐंगे।' दूसरा आदमी बोला।

'गांव में पानी की क़िल्लत दूर करने के लिए तालाब खोदने का काम ग्राम

पंचायत का है। सरपंच जी आप भी तो ये काम करवा सकते हैं। हमें मंत्री और तहसीलदार के पास जाने की क्या ज़रूरत।' एक आदमी बोला।

'ये काम ग्राम पंचायत का है, ये बात दरुस्त है।' सरपंच बोला। 'लेकिन ग्राम पंचायत के पास ना तो फंड है और ना पैसा। फिर भला ग्राम पंचायत किस तरह तालाब खुदवा सकती है। इतने बड़े काम के लिए हमें सरकार से ही मदद लेनी पड़ेगी।'

'देखिए जनाब', उनकी बातें सुनकर असलम बोला। 'तालाब की खुदाई का काम आजकल में शुरू हो जाना चाहिए ताकि दो महीने में तालाब का काम हो जाये क्योंकि दो महीने के बाद बारिश शुरू होने वाली है, हमारा तालाब तैयार हो जाएगा तो उसमें बारिश का वो पानी जमा हो जाएगा जो बर्बाद हो जाता है। वो हमारे लिए अगले साल अप्रैल, मई में काम में आएगा, और हमें पानी की क़िल्लत का सामना नहीं करना पड़ेगा। अगर इन दो महीनों में काम शुरू करके ख़त्म नहीं किया गया तो हम बारिश में ये काम नहीं कर पाएँगे, और अगले साल फिर हमें पानी की क़िल्लत का सामना करना पड़ेगा।'

'हां ये बात तो है', सब ने असलम की हां में हां मिलाई।

'ठीक है मैं ग्राम पंचायत में बात करता हूँ कि हम तालाब की खुदाई का काम शुरू कर सकते हैं या नहीं।' सरपंच बोला।

'मैं मिस्त्री से बात करता हूँ।' एक आदमी बोला।

'हम तहसीलदार से मिलते हैं और उससे कहते हैं कि वो जल्द से जल्द हमारे गांव में तालाब की खुदाई का काम शुरू कर दे, ताकि अगले साल हमें पानी की क़िल्लत का सामना न करना पड़े।' दो आदमी बोले।

'इसमें तो महीनों बरसों लग जाएंगे, और हमें फिर अगले साल पानी की क़िल्लत का सामना करना पड़ेगा। इसलिए मेरा तो ख़याल है गांव वालों को बिना सरकार, ग्राम पंचायत पर निर्भर रहे ये काम खुद आपने तौर पर शुरू कर देना चाहिए। अगर सारा गांव मिलकर तालाब की खुदाई में लग जाये तो आठ दस दिन में तालाब तैयार हो जाएगा।' असलम ने सब के सामने अपनी बात रखी।

'ये काम सरकार का है, जब सरकार, ग्राम पंचायत ये काम कर सकती है तो फिर गांव वाले क्यों इस काम में हाथ डालें।' एक दो काहिल, सुस्त किस्म के लोगों ने एतराज़ किया।

असलम को महसूस हुआ कि इन लोगों से ये काम नहीं होगा, ये खुद इस काम को करना नहीं चाहते, ये दूसरों पर निर्भर हैं। जब कि इन्सान को अपने कामों के लिए खुद शुरूआत करनी चाहीए, अपने काम के लिए दूसरों पर निर्भर नहीं

रहना चाहिए।

स्कूल की तीन दिन की छुट्टी थी, असलम ने अपने दोस्तों को बुलाया और उनसे कहा, 'उन लोगों को इस काम की एहमीयत का ना तो अंदाज़ा है और ना एहसास है, ये अपने कामों के लिए दूसरों पर निर्भर हैं, जबकि इन्सान को अपने काम खुद करने चाहियें। क्योंकि ये सारे गांव का काम है, हमारा भी काम है, इसलिए हम ही उसे अपना काम समझ कर इसकी शुरूआत करते हैं। कल से स्कूल की तीन दिन की छुट्टी है, हम तमाम दोस्त मिलकर तालाब खोदने का काम शुरू कर देते हैं, बोलो इस काम में कौन कौन मेरा साथ देगा?' उसने अपने दोस्तों से पूछा।

इस काम में हम सब तुम्हारा साथ देंगे, सबने एक साथ जवाब दिया।

असलम ने तालाब का नक़्शा बना लिया था। दूसरे दिन उसके पांचों दोस्त घर से कुदालें वग़ैरा खुदाई का सामान लेकर उस जगह पर पहुंच गए जहां पर तालाब की खुदाई करनी थी। असलम ने तालाब कहाँ खोदना चाहिए वहां निशान लगाए, और पांचों दोस्तों ने मिलकर एक जगह से खुदाई की शुरूआत कर दी, काम सैंकड़ों लोगों का था जिसकी शुरूआत इन पाँच लोगों ने की थी, इसलिए दोपहर तक खुदाई करने के बाद भी वो सिर्फ एक छोटा सा गढ़ा खोदने में कामयाब हुए थे।

यह देख कर उनके हौसले टूट रहे थे। सुबह से दोपहर तक सिर्फ वो इतनी सी जगह खोद पाए थे, अगर वो पांचों ही इस काम को करते रहे तो इस काम को पूरा करने में उन्हें बरसों लग जाएंगे। लेकिन असलम ने उनको हौसला दिया।

'हमने शुरूआत कर दी है और इतना काम भी कर लिया है, भले ही ये बहुत कम काम हो लेकिन काम शुरू हो गया है तो पूरा भी हो जाएगा।'

शाम तक वो काम करते रहे, शाम तक जितना भी काम हुआ था वो उससे खुश थे।

दिन-भर काम करने से वो बहुत थक गए थे, इसलिए रात का खाना खाते ही बिस्तर पर गिर गए, और सवेरे की ही ख़बर ली। दूसरे दिन फिर एक नए जोश से काम पर लग गए। इस बीच गांव वालों को पता चला कि असलम अपने चार दोस्तों के साथ तालाब की खुदाई कर रहा है तो वो तमाशा देखने के लिए आते, उन्हें पूरी लगन से काम करते देखते, कुछ तो चुपचाप चले जाते, कुछ उनका मज़ाक़ उड़ाते।

'नया नया जोश है, दो-चार दिन में खुद ही ठंडा पड़ जायेगा।'

वो उनकी बातों पर कोई ध्यान नहीं देते थे, अपने कामों में लगे रहते थे।

तीसरा दिन ख़त्म होने पर उन्होंने जितना काम कर लिया था उससे वो खुश थे। लेकिन चौथे दिन के बाद काम का मसअला शुरू होने वाला था। स्कूल खुलने वाला था, अब किस तरह काम करें? लेकिन असलम ने न हिम्मत हारी और न

उन्हें हारने दी।

'हम स्कूल के बाद तालाब की खुदाई का काम शुरू करेंगे'। स्कूल के बाद वो फिर तालाब की खुदाई के काम में लग गए। आठ दिन लगातार वो खुदाई में लगे रहे, अब उनका काम दिखाई देने लगा था। जो भी आता उनके काम, जोश, हिम्मत को देखकर उनकी तारीफ़ करने लगता था।

एक दिन जब गांव का मुखिया उनका काम देखने आया तो वहां के काम को देखकर वो हैरत में पड़ गया।

'इन बच्चों ने इतना सारा काम अकेले ही कर डाला। अगर सारे गांव वाले इनका साथ देते तो अभी तक आधे तालाब की खुदाई हो गई होती।'

वो गांव पहुंचा और उसने आवाज़ लगाई।

'बड़े शर्म की बात है, हमारे गांव के पांच बच्चे पूरे गांव के लिए, गांव की भलाई के लिए तालाब खोद रहे हैं और हम उनका मज़ाक उड़ा रहे हैं। हमें उनकी मदद करनी चाहिए। ये हम सब का काम है, कल से सारा गांव तालाब की खुदाई के काम पर जायेगा।'

दूसरे दिन उम्मीद के साथ सारा गांव तो नहीं लेकिन खुदाई के लिए आधा गांव ज़रूर आ गया था। काम पूरे जोश से शुरू हो गया, जब बाक़ी गांव वालों को पता चला कि गांव के आधे लोग तालाब की खुदाई का काम कर रहे हैं तो वो भी इस काम में लग गए। देखते ही देखते सारा गांव मर्द, औरतें, बच्चे, बूढ़े जवान सभी तालाब की खुदाई के काम पर लग गए। एक महीने में तालाब तैयार हो गया।

इस साल जब बारिश हुई तो पंद्रह दिनों के अंदर ही तालाब पानी से लबालब भर गया। इस के बाद गांव में पानी की कोई क़िल्लत नहीं रही। इस तालाब की वजह से सारे गांव के कुंओं को पानी मिल रहा था। इस तालाब के बेशुमार फ़ायदे गांव वालों को मिल रहे थे।

इस तरह असलम और उसके साथियों के इरादे ने गांव को एक बड़ी मुसीबत से छुटकारा दिलाया था।

✍ ✍

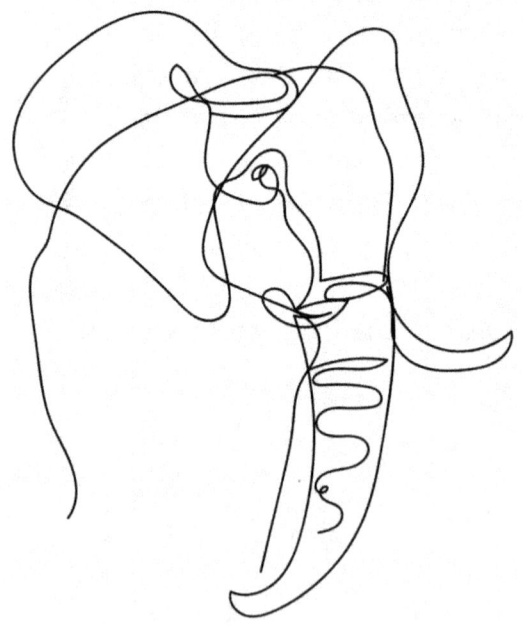

चार अंधे

गांव का दारोगा शेर सिंह अभी पुलिस चौकी पहुंचा ही था कि रामदीन, गांव के मुखिया शुक्रुल्लाह के साथ पुलिस थाने में दाख़िल हुआ और उसने पूरे पुलिस थाने को सर पर उठा लिया।

'दारोगा जी...मैं लुट गया बर्बाद हो गया, मेरी ज़िंदगी की सारी कमाई लुट गई। अब मैं और मेरे घरवाले किस तरह जिएंगे', कहता वो दहाड़ें मार मार कर रोने लगा।

'अरे किया हुआ? ऐसा क्या ज़ुल्म तुझ पर हो गया जो तू लुट गया, बर्बाद हो गया। तेरे जीने का सहारा छिन गया और अब तू मरने के क़रीब पहुंच गया।' दारोगा शेर सिंह ने पूछा।

'अब मैं अपनी बर्बादी की कहानी अपने मुँह से क्या समझाऊं दारोगा जी।' रामदीन रोता हुआ बोला। 'उसे बयान करने से मेरा कलेजा मुंह को आता है। आप ख़ुद अपनी आंखों से मेरी हरी-भरी ज़िंदगी की तबाही देख लीजीए।'

'अरे कुछ बोलेगा या सिर्फ पहेलियां बुझाएगा', दारोगा ने ग़ुस्से से पूछा।

'दारोगा जी...! इस बेचारे के साथ जो हुआ है अगर किसी के साथ भी हो तो उसकी हालत पागलों सी हो जाये। इसलिए अगर इस बेचारे की हालत पागलों जैसी हो गई है तो इसमें कोई हैरत की बात नहीं है।' मुखिया बोला।

'हुआ किया है? मुझे पता भी तो चले।'

'आप तो जानते हैं, रामदीन का गांव के किनारे खेत और एक छोटा सा झोंपड़ा है, वो और इसका ख़ानदान गांव में अपने आबाई घर में रहता है।' मुखिया बोला।

'हां...यह तो मुझे मालूम है।' दारोगा ने कहा।

'ये और इसका ख़ानदान रात दिन खेतों में मेहनत करता है, और इसकी वजह से इसके खेत में गांव के दूसरे लोगों के मुक़ाबले अच्छी फ़सल आती है।'

मुखिया ने कहा।

'आती होगी, मुझे इससे क्या...!' दारोगा ने बेरुख़ी से जवाब दिया।

'इस बार भी इसके खेत में बहुत अच्छी फ़सल आई थी।' मुखिया बोला।

'अच्छा फिर?' दारोगा ने पूछा।

'आज जब सवेरे ये खेत पहुंचा तो इसने देखा इसकी सारी फ़सल किसी ने तबाह कर दी है, इसका झोंपड़ा तोड़ डाला है। ये रोता हुआ मेरे पास आया, मैंने जब इसके खेत और झोंपड़े की तबाही देखी तो मेरी आँखों में भी आँसू आ गए, तो इस बे चारे का रोना, चिल्लाना वाजिब है।'

'ओहो...!' दारोगा ने शुक्रुल्लाह मुखिया की बात सुनकर होंट सिकोड़ डाले।

'बस इसी बात की रिपोर्ट लिखाने हम थाने आए हैं कि जिस किसी ने इस ग़रीब की ज़िंदगी भर का सरमाया तबाह किया है, आपा उसका पता लगाऐं। उसे गिरफ़्तार करें और उसे सख़्त से सख़्त सज़ा दें।' मुखिया बोला।

'ऐसी बात है तो चलो मैं अपनी आंखों से देखता हूं कि इसके साथ क्या हुआ है।' दारोगा बोला।

दारोगा, दो तीन सिपाही, रामदीन और मुखिया, खेत पर आए। राम दीन के खेत का नज़ारा देखकर दारोगा का दिल भी धक से रह गया। रामदीन की झोंपड़ी टूटी हुई थी, और सारी लहलहाती फ़सल बर्बाद हो गई थी।

'सच-मुच जिसने भी ये हरकत की है, उसे इस हरकत की सख़्त से सख़्त सज़ा मिलनी चाहिए।' दारोगा खेत का नज़ारा देखकर गुस्से से बोला। 'मेरे इलाक़े में किस की ये मजाल है कि वो इतनी बड़ी तबाही मचाए, उसे मैं इसकी ऐसी सज़ा दूंगा कि कभी मेरे इलाक़े की तरफ़ आंख उठाने की भी जुर्रत नहीं करेगा' ,दारोगा ने गुस्से से कहा।

'तुम्हारी रिपोर्ट तो लिखी जाएगी, लेकिन मैं तफ़्तीश अभी से शुरू कर देता हूं। ये बताओ क्या किसी ने उस आदमी को देखा है जिसने रामदीन के खेत और झोंपड़े का ये हाल किया है?' दारोगा ने पूछा।

'नहीं हुज़ूर। अगर मुझे उसका नाम भी मालूम पड़ जाता तो आपसे पहले में उसे मार मार कर अधमरा कर देता। रात का वक़्त था, खेत में और आस-पास रात में कोई नहीं रहता है, जिस किसी ने भी ये तबाही मचाई है उसने रात और अंधेरे का फ़ायदा उठा कर ये तबाही मचाई है।'

'मुझे तो ये एक आदमी का काम नहीं लगता है।' दारोगा बोला। 'ऐसा लगता है कई आदमियों ने मिलकर ये काम किया है।'

'हुज़ूर ऐसा भी तो हो सकता है रात में नील गायों का झुण्ड रामदीन के खेत

में घुस गया हो और उसने ये तबाही मचाई हो। हो सकता है कल रात वो झुण्ड हमारे गांव, हमारे इलाक़े में आया हो।' एक सिपाही बोला।

'नील गायों का झुण्ड खेत तबाह कर सकता है, लेकिन झोंपड़ा नहीं।' दारोगा किसी माहिर जासूस के अंदाज़ में बोला।

'ये या तो कई इन्सानों का काम है, या फिर कई जानवरों का।' दारोगा अपनी बात जारी रखते हुए बोला। 'क्या आस-पास ऐसा कोई भी नहीं रहता जो हमें रात की किसी ग़ैरमामूली घटना के बारे में बता सके?'

'नहीं सरकार, आस-पास कोई नहीं रहता है।' रामदीन बोला। 'हाँ, गांव की सरहद पर चार अंधे एक झोंपड़े में रहते हैं। लेकिन वो चारों तो अंधे हैं, देख ही नहीं सकते। इसलिए उनके सामने भी कुछ हुआ होगा तो वो हमें कुछ नहीं बता सकते।'

'चलो उनसे ही पूछताछ करते हैं।' दारोगा बोला। 'हो सकता है उनसे ही हमें इस तबाही फैलाने वाले शख़्स या गिरोह के बारे में कोई सुराग़ मिल जाये।'

वो चारों उस झोंपड़े की तरफ़ चल दिए, जहां वो चारों अंधे रहते हैं। उस वक़्त वो चारों झोंपड़े के बाहर ही बैठे आपस में बातें कर रहे थे। इतने सारे क़दमों की चाप सुनकर चौंक पड़े।

'कौन है भाई?' एक अंधे ने पूछा।

'पुलिस!'

'पुलिस...लेकिन पुलिस हमारे पास क्यों आई है?' दूसरे अंधे ने पूछा।

'तफ़्तीश करने के लिए।' एक सिपाही ने कहा।

'किस किस्म की तफ़्तीश?' दूसरे अंधे ने पूछा।

'तुम जानते हो, तुम्हारे इस झोंपड़े के क़रीब रामदीन का खेत है।' सिपाही ने पूछा।

'हां, हां। हम रामदीन को अच्छी तरह जानते हैं और उसके खेत का भी हमें पता है।' चारों अंधों ने एक साथ जवाब दिया।

'कल रात किसी ने उसका सारा खेत, फ़सल तबाह कर दी और उसका झोंपड़ा तोड़ डाला। ये काम करने वाला या करने वाले रात में तुम्हारे झोंपड़े के पास से ही गुज़रे होंगे। क्या तुम इस बारे में बता सकते हो कि रात में यहां से कौन गुज़रा?' सिपाही ने इस से पूछा।

'सरकार। नौ बजे सारा गांव सो जाता है, इसलिए नौ बजे के बाद तो यहां से कोई इन्सान नहीं गुज़रा, हम ऐसा यकीन से कह सकते हैं। हाँ लेकिन रात में एक अजीब सा जानवर ज़रूर यहां से गुज़रा था। मुम्किन है उसने ये तबाही मचाई हो।'

एक अंधा बोला।

'अजीब सा जानवर?' दारोगा चौंक कर बोला। 'हां हां, ये किसी अजीब से जानवर का ही काम हो सकता है। कोई इन्सान या इन्सानी गिरोह ये काम नहीं कर सकता, तुम बता सकते हो वो जानवर कैसा था? क्या तुमने उस जानवर को देखा? मेरा मतलब है महसूस किया?'

'हां, कल रात हम चारों झोंपड़े के बाहर ही बैठे थे कि वो अजीब सा जानवर हमारे पास से गुज़रा, बिलकुल पास से, इतने पास से कि हमने उसे अच्छी तरह छू कर भी देखा।' पहला अंधा बोला।

'ओहो। तो ये तो अब साबित हो चुका है कि ये किसी इन्सान का नहीं, किसी जानवर का काम है। लेकिन अब ये बताओ वह कौन सा जानवर था जिसने रामदीन के खेत को तबाह किया?' दारोगा ने पूछा ।

'क्या बताऊं साहब! मैंने तो ऐसा जानवर ना कभी देखा और ना कभी सुना।' पहला अंधा बोला।

'अरे तुम अंधे हो, तुम कहाँ से कोई जानवर देख सकते हो, हां किसी जानवर के बारे में सुना हो तो बताओ, वो कौन सा जानवर था।' दारोगा ने गुस्से से कहा।

'हुज़ूर वो जानवर जो रात को हमारे सामने से गुज़रा ऐसा जानवर था जिसके बारे में हम ने आज तक नहीं सुना। बड़ा अजीब सा जानवर था, मैं तो उसके बारे में सोच सोच कर हैरान हूँ कि भगवान ने इस धरती पर कैसे कैसे जानवर बनाए हैं।' पहला अंधा बोला।

'कैसा था वो जानवर?' दारोगा ने पूछा।

'अजीब सा जानवर था, छोटा सा, लंबा सा, पतला सा जानवर जैसे कोई रस्सी, और उसी रस्से के आख़िरी सिरे पर जैसे कोई झाड़ू सी बंधी थी, मैंने खुद उसे छू कर देखा था, इसलिए कह रहा हूँ, मैंने इस तरह के जानवर के बारे में आज तक नहीं सुना। रस्सी की तरह लंबा जिसके सिरे पर झाड़ू बंधी थी।' पहला अंधा बोला।

'रस्सी की तरह लंबा। जिसके सिरे पर झाड़ू बंधी थी?' पहले अंधे की बात सुन कर दारोगा हैरत से बोला, 'मैंने तो कभी ना ऐसा कोई जानवर देखा और ना उसके बारे में सुना, रस्सी की तरह वो जानवर था तो वो कोई छोटा जानवर होगा, लेकिन छोटा जानवर इतनी तबाही नहीं फैला सकता।'

'दारोगा जी ये झूठ कह रहा है। वो जानवर रस्सी की तरह छूटा सा नहीं था। मैंने उस जानवर को छूकर देखा है वो बहुत बड़ा था।' दूसरा अंधा बोला।

'जानवर बहुत बड़ा था, हाँ जानवर बड़ा हो सकता है, ये किसी बहुत बड़े

जानवर का ही काम है, कौन सा जानवर था वो?' दारोगा ने पूछा।

'मैं उस जानवर का नाम तो नहीं बता सकता', दूसरा अन्धा बोला। 'क्योंकि मैंने आज तक इस तरह के जानवर के बारे में नहीं सुना। पहली बार रात को उसको छुवा तो पता चला कि दुनिया में इस तरह का भी जानवर रहता है।'

'हां, हां मुम्किन है तुमने कभी उसके बारे में नहीं सुना होगा।' दारोगा बोला। 'लेकिन ये तो बताओ वो जानवर कैसा था, उसका हुल्या बता दो, हम उस हुलिए से उस जानवर का पता लगा लेंगे, जिसने रामदीन का खेत तबाह-ओ-बर्बाद किया है।'

'अब उसका हुल्या कैसे बताऊं दारोगा साहब।' दूसरा अंधा बोला। आपने किसी बड़ी इमारत का बड़ा सा सतून देखा है?'

'हां, हां कई इमारतों के बड़े बड़े सतून देखे हैं।' दारोगा ने जवाब दिया।

'तो हुज़ूर, वो जानवर भी किसी इमारत के बड़े से सतून की तरह था, मैंने उसे छू कर देखा तो सतून मेरी दोनों बांहों में आ गया था, लंबा, मोटा, गोल, किसी सतून की तरह।' दूसरा अंधा बोला।

'अजीब बात है।' दारोगा दूसरे अंधे की बात सुनकर बड़बड़ाया, 'अजीब सा जानवर है, लंबा, मोटा, गोल, किसी इमारत के सतून की तरह, मैंने तो इस तरह का जानवर ना तो आज तक देखा और ना आज तक कभी इस तरह के किसी जानवर के बारे में सुना ।चलो मान लिया कि वो इस तरह का जानवर था, लेकिन इस तरह का अकेला जानवर इतनी तबाही नहीं फैला सकता है। मुमकिन है इस तरह के सैंकड़ों जानवर होंगे जिन्हों ने मिलकर ये कारनामा अंजाम दिया है। लेकिन अगर इसी तरह के सैंकड़ों जानवर गांव में आए तो उनके पैरों की धमक से गांव वालों को उनकी आमद का पता चल जाता। और सारा गांव बता देता कि वो कौन सा या कौन से जानवर थे, जिन्हों ने रामदीन का खेत तबाह किया?'

'हां, हां हुज़ूर! आप बिलकुल सही फ़र्मा रहे हैं, इस तरह का जानवर या इस तरह के कई जानवर भी पूरे खेत को तबाह नहीं कर सकते, ये किसी बड़े जानवर का काम है', तीसरा अंधा बोला।

'तुम ऐसा किस बुनियाद पर कह रहे हो?' दारोगा ने उससे पूछा ।

'वो इस बुनियाद पर कह रहा हूँ कि ये दोनों कमीने आपसे झूठ बोल रहे हैं कि वो जानवर किसी रस्सी की तरह था, उस के सिरे पर झाडू बंधी थी, या वो जानवर किसी इमारत के सतून की तरह था। मैं जानता हूँ वो जानवर किसी बहुत बड़े पहाड़ की तरह बड़ा और मज़बूत था। क्योंकि मैंने उसे छूकर देखा था। वह ज़मीन से थोड़ा ऊंचा था, और फिर पहाड़ की तरह बड़ा सा ऊंचा और सख़्त था। बहुत बड़ा ऐसा ही जानवर ताक़त का मुज़ाहरा कर के खेत और झोंपड़े को बर्बाद

कर सकता था।'

'नहीं सरकार, हम झूठ नहीं बोल रहे हैं, सच्च बोल रहे हैं।' दोनों अंधे जल्दी से बोले। 'झूठ ये बोल रहा है कि वो जानवर किसी पहाड़ की तरह था।'

'वो जानवर तो किसी रस्सी की तरह था।' दूसरा अंधा बोला।

'सरकार, आप इन कमीनों की बातों में मत आईए, वो जानवर बहुत बड़ा बहुत मज़बूत था, किसी पहाड़ की तरह।'

'तुम्हारी बात में कुछ-कुछ सच्चाई महसूस होती है, वो जानवर किसी पहाड़ की तरह था, बड़ा सा मज़बूत।' दारोगा तीसरे अंधे की बात सुनकर बोला। 'लेकिन वो कौन सा जानवर था?'

'सरकार, ये तो में नहीं बता सकता।' तीसरा अंधा बोला।

'हुज़ूर ये तीनों कमीने झूठ बोल रहे हैं', इस दरमयान चौथा अंधा बोल पड़ा कि 'वो जानवर रस्सी की तरह था, सतून की तरह था, पहाड़ की तरह था, उस जानवर को मैंने छुआ है, वो जानवर किसी बहुत मोटी बल खाती लहराती दरख़्त की शाख़ की तरह था। या किसी बहुत मोटी रस्सी की तरह, या वो कोई बहुत बड़ा अज़दहा था। वो किसी अज़दहे की तरह ही लहरा रहा था। तो वो जानवर एक अजगर था।'

'अरे! एक अजगर था। अरे एक अजगर क्या इतना बड़ा खेत और झोंपड़ा तबाह कर सकता है। तुम झूठ बोल रहे हो। तुम चारों झूठ बोल रहे हो इस तरह के जानवर दुनिया में हैं ही नहीं', दारोगा झल्लाकर बोला।

'नहीं हुज़ूर, ये चारों सच्च कह रहे हैं! मुखिया शुक्रुल्लाह हंस कर दारोगा से बोला, 'इन्होंने जो कहा बिलकुल सच्च कहा, उन्होंने ऐसे ही जानवर को छुआ था, और इनकी बातों की बुनियाद पर मैं जान गया हूँ कि किस जानवर ने ये तबाही फैलाई है?'

'किस जानवर ने?' सबने मुखिया से पूछा

'वो कोई हाथी था। उस हाथी ने ये सारी तबाही फैलाई है।' शुक्रुल्लाह बोला।

'ओहो...! ये हो सकता है, कोई हाथी ही ये तबाही फैला सकता है।' दारोगा कुछ सोचता हुआ बोला 'लेकिन तुमने किस तरह अंदाज़ा लगा लिया कि ये किसी हाथी का काम है, जबकि ये चारों तो उस जानवर का हुलिया अलग अलग बयान कर रहे थे।'

'ये बिलकुल सही हुलिया बयान कर रहे थे' मुखिया बोला 'पहले अंधे के हाथों में हाथी की दुम आई थी, इसलिए उसने उस जानवर को रस्सी की तरह समझा। दूसरे अंधे के हाथ में उसका पैर आया था। इसलिए उसने उसको सतून सा क़रार

दिया। तीसरे अंधे ने उसके पेट को छुआ था, उसने उसको पहाड़ सा समझा और चौथे अंधे के हाथ में उसकी सूंड आई थी इसलिए उसने उसे अजगर जैसा कहा।'

'अरे हाँ। हमने तो इस बारे में सोचा ही नहीं' दारोगा बोला। 'सचमुच मुखिया जी आप बड़े अक़्लमंद हैं, आपने चारों का हुलिया मिला कर हाथी का अंदाज़ा लगा लिया जो बिलकुल सही है। ये किसी हाथी का ही काम है।

(अंग्रेज़ी की एक कहानी की पर)

✍ ✍

गुफा

एक शादी के सिलसिले मैं 'अनज़ल' अपने गांव आया था। उसका गांव बड़ा खूबसूरत था। उसके बाप की शहर में नौकरी थी इस वजह से वो शहर ही में रहता था। लेकिन जब भी अपने बाप के गांव जाने का मौक़ा हाथ आता था वो नहीं छोड़ता था, क्योंकि उसे गांव बहुत पसंद था। चारों तरफ़ से ऊंची ऊंची पहाड़ियों से घिरा हरा भरा गांव, खेत, लहलहाती फ़सलें, खेतों में काम करते लोग।

क़रीब ही जंगल था जिसमें तरह तरह के जानवर चरिंदे, परिंदे रहते थे। अनज़ल को उनको देखने में बहुत मज़ा आता था। उसका दिल तो चाहता था वो उनको दौड़ के पकड़ ले लेकिन वो उसके हाथ नहीं आते थे।

गांव में उसके चार पांच दोस्त थे, उनसे उसकी खूब जमती थी, जब भी वो गांव जाता उनके साथ ही रहता था और उनके साथ खूब घूमता फिरता था।

वो उन्हें शहर की बातें बताता तो वो सुनकर हैरत में पड़ जाते थे। फिर वो उन्हें जंगलों और पहाड़ों की सैर कराते थे। तरह तरह के परिंदे, जानवर दिखा कर उनके बारे में बताते थे।

वो लोग जो सवेरे से घर से निकलते थे तो शाम को ही वापस घर आते थे। दोपहर का खाना भी वो भूल जाते थे। दोपहर का खाना न खाने पर उनके घर वाले उनपर गुस्सा करते थे। फिर ये सोच कर उन्हें माफ़ कर देते थे कि वो अनज़ल के साथ उसको गांव, जंगलों, पहाड़ीयों की सैर करा रहे हैं।

एक दिन अनज़ल ने पहाड़ की सैर करने की ठानी, जब उसने अपना इरादा अपने दोस्तों पर ज़ाहिर किया तो वो कुछ झिझकने लगे।

'क्यों क्या बात है? तुम पहाड़ की सैर पर जाने से क्यों कतरा रहे हो?' उसने दोस्तों से पूछा।

तो उसामा ने जवाब दिया। 'दरअसल बारिश का मौसम है कभी भी बारिश हो सकती है और पहाड़ों पर बारिश बड़ी ख़तरनाक होती है, पानी की वजह से पहाड़ी

पर चढ़ने वाले रास्ते पर फिसलन बन जाती है। जिसपर अगर पैर फिसल जाये तो हज़ारों फीट नीचे आ गिरने का ख़तरा रहता है और ख़ुदा न करे अगर गिर गए तो ज़िंदा रहना मुश्किल है।'

'इसके इलावा कभी कभी बारिश होने से पहाड़ों से बड़े बड़े पत्थर गिरते हैं, अगर इंसान उनमें से किसी पत्थर से टकरा जाए तो फ़िर उसका बचना मुश्किल है।' उम्र बोला।

'हां! अगर बारिश में पहाड़ों की ये हालत होती है तो सचमुच पहाड़ों की सैर को जाने में बड़ा ख़तरा है।' अनज़ल कुछ सोचता हुआ बोला। 'लेकिन आज मौसम सुहाना है, धूप निकली हुई है। बारिश के आसार कम हैं, इसलिए हमें आज पहाड़ों की सैर को जाने में कोई ख़तरा नहीं है।'

आखिर अनज़ल की ख़्वाहिश के आगे उन्हें झुकना पड़ा ।

सब ने अपने अपने घरवालों को कह दिया कि वो पहाड़ों की सैर को जा रहे हैं। इसपर कुछ के घर वालों ने उन्हें ऐसे मौसम में पहाड़ पर न जाने के लिए कहा तो कुछ ने ज़्यादा दूर, ज़्यादा ऊंचाई तक न जाने की सलाह दी। ऐसा करने का वादा करके वो पांचों दोस्त पहाड़ की तरफ़ चल दिए।

पहाड़ काफ़ी ऊंचा था, जगह जगह ऐसे रास्ते थे जिनपर चलकर वो पहाड़ की अच्छी तरह सैर कर सकते थे। पहाड़ पर उगे पेड़ पौदों को देख सकते थे। पहाड़ पर रहने वाले छोटे छोटे जानवर, परिंदों को देख सकते थे। इतना ख़ूबसूरत नज़ारा था कि इस नज़ारे को देख कर अनज़ल पागल सा हो गया।

जब वो कुछ ज़्यादा ऊंचाई पर आ गए तो उन्हें बादल अपने पास से गुज़रते हुए दिखाई दिए और ऐसा महसूस होने लगा जैसे वो बादलों के साथ साथ चल रहे हैं।

चारों तरफ़ बादल ही बादल और धुंद थी, इसकी वजह से पहाड़ पर से गांव और नीचे की कोई चीज़ दिखाई नहीं दे रही थी। पहाड़ों की सैर करते हुए, उन्हें पहाड़ और रास्ते में कई छोटी छोटी गुफाएं दखाई दीं। कुछ तो एक कमरे के बराबर थीं, कुछ कई कमरों के बराबर थीं ये अनज़ल के लिए बिलकुल अनोखी चीज़ थी।

उन गुफाओं के मुंह बहुत तंग थे, उनमें से रेंग कर ही कोई दाख़िल हो सकता था, लेकिन अंदर दाख़िल होते ही ठंडा बड़ा सा कमरा दिखाई देता था, उस कमरे में दाख़िल होते ही ऐसा महसूस होता था जैसे वो किसी एयर कंडीशन कमरे में बैठे हैं। अनज़ल ये पहली बार देख रहा था इसलिए उसे बड़ा मज़ा आ रहा था। वो गुफाएं कुछ तो कुदरती थीं, कुछ गुफाएं किसी ज़माने में इन्सानों ने अपने रहने के लिए या पहाड़ पर रात गुज़ारने के लिए बनाई थीं।

अनज़ल और उसके साथी कुदरत के इन हसीन नज़ारों में खोए हुए थे कि

अचानक मौसम बदल गया। उनके क़रीब के बादल कुछ और घने हो गए, और उन्होंने देखा चारों तरफ़ से उमड उमड कर बादल पहाड़ों की तरफ़ आ रहे हैं, इन बादलों का इस तरह एक जगह जमा होने का एक ही मतलब था, कुछ देर में बारिश होगी, और उन का अंदाज़ा ठीक साबित हुआ, सचमुच थोड़ी देर में बारिश शुरू हो गई, पहले पहले बूंदा बांदी शुरू हुई जिससे वो खुश होकर भीगने लगे और बारिश का मज़ा लेने लगे।

फिर धीरे धीरे वो बूंदा बांदी तेज़ बारिश में बदल गई और थोड़ी देर बाद तूफ़ानी बारिश हुई, बिजलियां ज़ोर ज़ोर से कड़कने लगीं और बादल गरजने लगे। तेज़ बारिश और बादलों के ज़ोर ज़ोर से गरजने से एक नई मुसीबत आ गई। पहाड़ों से बड़े बड़े पत्थर गिरने लगे। ऊपर से गिरते पत्थर लुढ़कते पहाड़ से टकरा कर जब नीचे जाते तो वो बड़ा ही अजीब और देखने लायक नज़ारा होता था।

पत्थर हर बार पहाड़ से टकराने के साथ टूटने लगते और नीचे पहुंचने तक तो टूट कर टुकड़े टुकड़े हो जाते थे।

'अनज़ल, पहाड़ों से पत्थर गिर रहे हैं, ये बहुत ख़तरे की निशानी है, अगर कोई पत्थर हमसे टकरा गया तो हम सब जगह पर ही ख़त्म हो जाएंगे और नीचे गिरे तो हमारे टुकड़े टुकड़े हो जाएंगे।' उसामा, अनज़ल से बोला।

'हां सचमुच ख़तरा बढ़ रहा है।'

'हमें फ़ौरन यहां से वापस गांव चले जाना चाहिए।' राजू बोला।

'लेकिन ऐसी हालत में नीचे गांव जाना तो दूर, हम एक क़दम भी चल नहीं सकते हैं। क़दम क़दम पर ऊपर से गिरते पत्थरों से ख़तरा है।' उसामा बोला।

'फिर रास्ता गीला होने की वजह से फिसलन बन गई होगी, उसपर चलना ना सिर्फ मुश्किल है बल्कि ख़तरों से भरा हुआ है।'

'हां, ऐसी हालत में हमें सफ़र नहीं करना चाहिए।' अनज़ल बोला। 'बेहतर यही है कि हम किसी गुफा में रुक कर बारिश के रुकने और मौसम के अच्छे होने का इंतज़ार करें, इसी तरह हम हर तरह के ख़तरों से बच्चे रहेंगे। ऊपर से गिरते पत्थरों से भी और बारिश से भी।'

फ़ौरन फ़ैसला किया गया कि किसी गुफा में पनाह ली जाये। गुफा तलाश करना कोई मुश्किल काम नहीं था, इस रास्ते पर, जिस रास्ते से वो पहाड़ की सैर कर रहे थे कई गुफाएं थीं, उन्होंने क़रीब की गुफा को चुना और उसमें रेंगते हुए दाख़िल हुए। गुफा इतनी बड़ी थी कि उसमें आठ दस इन्सान आराम से रह सकते थे। वह गुफा में बैठ कर बातें करने लगे और बाहर बारिश का ज़ोर बढ़ता ही जा रहा था।

मूसलाधार बारिश हो रही थी, बादल गरज रहे थे, बिजलियां कौंद रही थीं

और सबसे बड़ी मुसीबत थी पहाड़ से पत्थरों का गिरना, ऊपर से छोटे बड़े पत्थर लगातार गिर रहे थे। गुफा के मुंह के पास वह खड़े हो कर जब बाहर झांकते थे तो उन्हें ऊपर से गिरते हुए बड़े पत्थर साफ़ दिखाई देते थे, और फिर अचानक वो हादिसा हुआ। ऊपर से एक बड़ा सा पत्थर गिरा। लुढ़कता हुआ आया और ठीक उनकी गुफा के ऊपर आकर रुक गया।

पत्थर कुछ इस तरह से रुक गया था कि उसकी वजह से गुफा का मुंह बंद हो गया था। वो घबरा गए। गुफा का मुंह बंद हो गया था इसलिए अंदर अंधेरा हो गया था, हाथ को हाथ सुझाई नहीं दे रहा था। इस नई मुसीबत से वो सब सख़्त घबरा गए।

'ये क्या? गुफा का मुंह इस बड़े से पत्थर से बंद हो गया है। अब हम गुफा से किस तरह बाहर निकलेंगे, और किस तरह वापस गांव जाऐंगे?' राजू रोती सूरत बना कर बोला।

'तुम इतमिनान रखो, इस मुसीबत से निकलने का हम कोई ना कोई रास्ता निकाल लेंगे।' अनज़ल ने उसे तसल्ली दी फिर अपने दूसरे दोस्तों से बोला।

'ये पत्थर ऊपर से लुढ़कता आया और गुफा के मुंह पर आ कर रुक गया क्योंकि उसे गुफा के बाहर जो रास्ता था उसपर रुकने की जगह मिल गई और इस वजह से गुफा का मुंह बंद हो गया है। ये कोई मसअला नहीं है और न इससे घबराने की कोई बात है, हम सब मिलकर ताक़त से इस पत्थर को धकेलते हैं, ये पत्थर अपनी जगह से हट जाएगा और इतना रास्ता बन जाएगा कि हम रेंगते हुए इस गुफा स्से बाहर निकल जाएंगे।'

'हां, ये बात ठीक है', सब ने एक आवाज़ में कहा।

'तो फिर सोचने और रुकने वाली क्या बात है, आओ हम ज़ोर से अंदर से इस पत्थर को धकेल कर अपनी जगह से हटाने की कोशिश करते हैं।' अनज़ल ने कहा।

'ठीक है', सब ने एक साथ कहा।

और वो गुफा के अंदर से ग़ार के मुंह पर रुके पत्थर को हटाने की कोशिश करने लगे। उन्होंने कई बार पूरी ताक़त से अंदर से पत्थर को हटाने की कोशिश की। इस कोशिश में उनके पसीने छूट गए, लेकिन पत्थर अपनी जगह से एक इंच भी नहीं हटा।

अब उनके माथे पर उभरी पसीने की बूंदें दो किस्म की हो गई थीं। एक तो पत्थर को गुफा के मुंह से हटाने की कोशिश करने में जो मेहनत ताक़त लग रही थी उसकी वजह से उभरने वाली पसीने की बूंदें, दूसरी इस ख़ौफ़ से उभरने वाली बूंदें कि अब वो इस गुफा में क़ैद हो कर रह गए थे।

थोड़ी देर बाद उन्होंने गुफ़ा के मुंह से पत्थर को हटाने की कोशिश छोड़ दी। इस कोशिश की वजह से वो बुरी तरह हांपने लगे थे लेकिन इसका कुछ भी फल नहीं निकला था।

'ये क्या हुआ अनज़ल? हम इस गुफ़ा में क़ैद हो गए हैं।' राजू ने रुहांसी आवाज़ में पूछा।

'हां, हम इस गुफ़ा में क़ैद हो कर रह गए हैं।'

'अब इस गुफ़ा से हम किस तरह बाहर निकलेंगे?'

'जब कोई बाहर से गुफ़ा के मुँह से पत्थर हटाएगा तब ही हम इस गुफ़ा से बाहर निकल पाएंगे।' अनज़ल ने जवाब दिया।

'लेकिन इसकी उम्मीद बहुत कम है।' अनज़ल की बात सुनकर उसामा संजीदगी से बोला।

'ऐसी मायूसी की बातें क्यूं कर रहे हो', अनज़ल ने उसामा से पूछा।

'मायूसी की बातें नहीं, हक़ीक़त भरी बातें कर रहा हूँ। उसामा बोला।

'वो किस तरह?'

'जिस गुफ़ा में हम क़ैद हैं उसके मुंह पर एक बड़ा सा पत्थर है, बाहर से कोई ये समझ नहीं पाएगा कि इस पत्थर के नीचे कोई गुफ़ा है, क्योंकि रास्ते में जगह जगह इस तरह के बड़े बड़े पत्थर पड़े हैं।'

उसामा ने कहा तो अनज़ल के जिस्म में भी ख़ौफ़ की लहर दौड़ गई। अगर ऐसा है तो सच-मुच ये उनके लिए बहुत बड़ा मसअला होगा। कोई भी उन्हें ढूंढ नहीं पाएगा, कोई ख़्वाब में भी नहीं सोचेगा कि वो किसी ऐसी गुफ़ा में क़ैद हैं जिसके मुंह पर एक बड़ा सा पत्थर आ गिरा है।

उन्होंने हिम्मत नहीं हारी। थोड़ी थोड़ी देर बाद गुफ़ा के मुंह से पत्थर हटाने की कोशिश करते रहे, लेकिन हर बार वो नाकाम होते। पत्थर की वजह से गुफ़ा में इतना अंधेरा हो गया था कि हाथ को हाथ सुझाई नहीं देता था, इस वक़्त कितने बजे होंगे, इस बात का भी अंदाज़ा नहीं लग पा रहा था।

बाहर बारिश कम हो गई थी या रुक गई थी। शाम से पहले तो गांव वालों को पता नहीं चलेगा कि वो पहाड़ से वापिस आए हैं, शाम को जब उन्हें पता चलेगा कि वो पहाड़ से अभी तक वापस नहीं आए हैं तो वो उनकी तलाश में निकलेंगे, तब तक रात हो जाएगी और पहाड़ पर गहरा अंधेरा फैल जाएगा, ऐसी सूरत में वो चाह कर भी उन्हें तलाश नहीं कर पाएंगे, मायूस हो कर वो सुबह होने का इंतज़ार करेंगे और सूरज निकलते ही वो उनकी तलाश में निकलेंगे।

मुम्किन है वो उनकी तलाश में पहाड़ी का चप्पा-चप्पा छान मारें लेकिन उनका

पता नहीं लगा पाएंगे, क्योंकि किसी का ख़याल भी इस हद तक नहीं जाएगा कि उन्होंने किसी गुफा में पनाह ली होगी और एक बड़ा सा पत्थर उस गुफा के मुंह पर गिरने से गुफा का मुंह बंद हो गया होगा और वो इस गुफा में क़ैद हो गए होंगे। उनके साथ जो हुआ और जो होने वाला है, ये सोच कर राजू तो दहाड़ें मार-मार कर रोने लगा।

सब उसे समझाने में लग गए कि वो मायूस ना हो, गांव के लोग उन्हें ढूंढ निकालेंगे, और उन्हें इस गुफा की क़ैद से आज़ादी मिल जाएगी।

लेकिन तसल्ली देते हुए उनकी आंखों में भी आंसू आ रहे थे, क्योंकि उन्हें महसूस हो रहा था कि ये झूटी तसल्ली है, इसकी उम्मीद बहुत कम हैं, भूके प्यासे वह गुफा में क़ैद चुपचाप बैठे रहे।

अनज़ल सब को तसल्ली देता रहा कि वो हार न मानें, रात गुज़र जाये, दिन निकलने और उजाला फैलने पर कोई न कोई रास्ता निकल ही आएगा।

रात किस तरह गुज़री खुद वो भी समझ नहीं सके। कभी सो जाते, कभी जाग कर एक दूसरे से बातें करते, और कभी अपनी हालत पर चुपके चुपके आंसू बहाने लगते।

दिन निकला तो गुफा में थोड़ा थोड़ा उजाला फैलने लगा। इस उजाले को देखता अनज़ल गुफा के मुंह पर आया तो उसने देखा पत्थर और गुफा के बीच एक हल्की सी दरार है जिससे रौशनी गुफा में आ रही है।

अब इस छोटी सी दरार का इस्तेमाल किस तरह किया जाये? उसका दिमाग़ तेज़ी से काम करने लगा। दरार मुश्किल से एक इंच की होगी इससे कोई चीज़ बाहर फेंक कर वो इस गुफा में अपनी मौजूदगी का उनकी तलाश में आने वालों को एहसास दिलाना चाहते थे।

अचानक एक ख़याल बिजली की तरह उसके दिमाग में कौंदा। उसने उसामा की तरफ़ देखा, उसने लाल रंग का शर्ट पहन रखा था।

'उसामा तुम अपना शर्ट उतारो?' उसने कहा।

'किस लिए?' उसामा ने पूछा।

'तुम शर्ट उतारो, किस लिए ये मत पूछो।'

उसकी इस बात पर उसामा ने चुपचाप अपना शर्ट उतार कर उसे दे दिया। वो उसामा का शर्ट इस छोटी सी दरार से दूसरी तरफ़ डालने की कोशिश करने लगा। लेकिन दरार बहुत छोटी थी इसलिए उसामा का लाल शर्ट दूसरी तरफ़ नहीं जा पा रहा था। दरार में फंस जा रहा था। ज़रूरत इस बात की थी कि किसी लक्कड़ी या सलाख से ठोंस कर शर्ट को दूसरी तरफ़ पहुंचाया जाये।

लेकिन इस गुफ़ा में उन्हें लक्कड़ी या लोहे की सलाख कहां से मिल सकती थी। थोड़ी तलाश के बाद उन्हें किसी दरख़्त की एक सूखी हुई टहनी मिल गई।

अनज़ल ने अल्लाह का शुक्र अदा क्या। इससे वो उसामा का शर्ट दूसरी तरफ़ डाल सकता है। उसने टहनी के ज़रिये उसामा का शर्ट दूसरी तरफ़ डालने की कोशिश की।

इस कोशिश में शर्ट तो दूसरी तरफ़ नहीं गया, दो बार दरख़्त की वह शाख़ ज़रूर टूट गई। उसने हिम्मत नहीं हारी, पूरी ताकत और मेहनत उस शर्ट को दरार से दूसरी तरफ़ डालने में लगा दी, और वही हुआ जैसा उन्होंने सोचा था।

उनकी तलाश में जब लोग वहां पहुंचे तो वहां लाल शर्ट देखकर उनका माथा ठनका, उन्होंने नाम लेकर आवाज़ें दीं तो जवाब में उन्होंने बताया कि वो इस गुफ़ा में क़ैद हैं, जिसके मुंह पर ये बड़ा सा पत्थर है। उसको हटाने से ही वो बाहर आ पाएंगे। कई लोगों ने मिलकर गुफ़ा के मुंह से पत्थर हटाया और इस तरह उन्हें गुफ़ा की क़ैद से रिहाई मिली।

लेकिन इस रिहाई में अनज़ल की सूझ-बूझ का दख़ल ज़्यादा था।

✍ ✍

चालाक मोती

'चंकी' बंदर से सारा गांव परेशान था और चंकी, मोती कुत्ते से परेशान था। चंकी यूं तो जंगल में रहता था लेकिन रोज़ाना गांव की सैर करना उसका मामूल था। गांव वो सैर-तफ़रीह के लिए नहीं आता था बल्कि शरारतें करने के लिए आता था। उसे गांव वालों को तंग करने और नई नई शरारतें करने में बड़ा मज़ा आता था। किसी खेत में कोई आम का पेड़ दिखाई दिया और उस दरख़्त पर उसे बहुत से आम दिखाई दिए तो उसकी शरारत की रग फड़फड़ाती थी, अभी आम पक्के नहीं हैं, उसे इस का पता होता था, लेकिन वो उन फलों को तोड़ तोड़ कर ज़मीन पर फेंकना शुरू कर देता था।

वो आम उसके किसी काम नहीं आ सकते थे, और ना उस दरख़्त के मालिक के। काम तो उस वक़्त आते हैं, जब वो अच्छी तरह पक कर तैयार हो जाते। इस तरह मालिक को अच्छी ख़ासी आमदनी हो सकती थी, लेकिन चंकी का काम तो शरारत से मालिक को नुक़्सान पहुंचाना होता था। बस वो आमों को तोड़ तोड़ कर फेंकना शुरू करता था और उसी वक़्त दम लेता था जब तक दरख़्त का आख़िरी आम भी तोड़ कर ज़मीन पर फेंक ना दे।

जब मालिक आता और अपने दरख़्त के तमाम आमों को ज़मीन पर गिरा पाता तो अपना सर पीट लेता और इस नुक़्सान पर मातम करता। ऐसे में चंकी उसका ख़ून जलाने के लिए दरख़्त पर से 'खियाऊं-खियाऊं' की आवाज़ें निकाल कर इस बात का ऐलान करता कि ये काम मैंने किया है।

जब मालिक को ये बात समझ में आती कि ये काम चंकी का है तो वो ग़ुस्से से लाल पीला होता और उन गिरे हुए आमों को उठा कर उसे फेंक कर मारने की कोशिश करता।

लेकिन चंकी तो फुर्तीला था, मालिक का हर वार बड़ी आसानी से ख़ाली कर देता था, आख़िर थक हार कर मालिक सर पकड़ कर बैठ जाता तो उसकी बेबसी

से वो खूब मज़े लेता था।

कभी कभी ऐसा भी होता था कि उसे दरख़्तों से आम तोड़ते हुए मालिक या कोई बच्चा देख लेता था तो उसे और भी ज्यादा मज़ा आता था। मालिक शोर मचा कर, नीचे से पत्थर मार कर, मुंह से तरह तरह की आवाज़ें निकाल कर उसे वहां से भगाने या आम तोड़ने से बाज़ रखने की कोशिश करता था।

लेकिन चंकी के कानों पर जूं न रेंगती थी, वो बस अपने काम में लगा रहता था। ख़ुद को मालिक या बच्चों के पत्थरों की मार से बचाते हुए अपने काम में लगा रहता और अपने मुंह से खियाऊं-खियाऊं की आवाज़ें निकाल कर उन्हें चिढ़ाने की कोशिश करता था।

कोई दिन ऐसा नहीं होता था जब गांव में आमों के मौसम में किसी ना किसी का आम का दरख़्त चंकी की शरारत का निशाना नहीं बनता था। एक-बार तो उसकी शरारतों और नुक़सान से तंग आकर गांव वालों ने एक शिकारी बुला लिया था कि वो उसे गोली मार कर उसका क़िस्सा ही ख़त्म कर दें। लेकिन चंकी भला उस शिकारी को कहां मिलने वाला था।

दिन-भर शिकारी उसके आने का इंतिज़ार करता रहता और उसकी तलाश में गांव के एक एक आम के दरख़्त पर उसको तलाश करके बेज़ार होकर चला जाता था, और रात होते ही अंधेरे में चंकी जंगल से निकल कर आता और अपना काम कर जाता था।

शरारत करते हुए दो तीन बार चंकी का मोती कुत्ते से सामना हो गया था। एक-बार वो दरख़्तों से आम तोड़ तोड़ कर फेंक रहा था, और मोती उसे देखकर ज़ोरज़ोर से भोंक रहा था। मोती उसका तो कुछ नहीं बिगाड़ पाता था क्योंकि वो तो दरख़्त की किसी ऊंची शाख़ में छुप कर अपना काम अंजाम दे रहा होता था। लेकिन मोती के भौंकने से गांव वाले ज़रूर होशियार हो जाते थे, और समझ जाते थे कि चंकी आया है और किसी आम के दरख़्त को अपनी शरारतों का निशाना बना रहा है।

लोग फ़ौरन लाठियां लेकर उस तरफ़ दौड़ते और ज़ोर ज़ोर से शोर मचाने लगते। इतनी बड़ी भीड़ को देख कर चंकी भी घबरा जाता था। उसे इस बात का पता होता था कि वो दरख़्त की सबसे ऊंची शाख़ पर है, वहां तक कोई भी नहीं पहुंच पाएगा। लेकिन फिर भी उसे ख़ौफ़ महसूस होता था अगर कोई बंदूक़ ले आया तो उसका क़िस्सा ख़त्म हो जाएगा। इसलिए ऐसी सूरत में वो चुपचाप उस पेड़ से इस पेड़ पर, इस दरख़्त से उस दरख़्त पर छलांगें मारता जंगल की राह लेता था।

मोती की वजह से गांव वालों का ये फ़ायदा हो गया था कि जैसे ही चंकी गांव

में दाख़िल होता, मोती उसकी बू सूंघ लेता था, और उसको ढूंढ कर उस तक पहुंच जाता था और भौंक भौंक कर सारे गांव को सर पे उठा लेता था।

मोती के भौंकने की आवाज़ सुनकर गांव वाले जान लेते थे कि चंकी आया है। वो फ़ौरन लाठियां लेकर, शोर मचा कर उस तरफ़ दौड़ते जिस तरफ़ से मोती के भौंकने की आवाज़ें आ रही होती थीं।

इतने लोगों को अपनी तरफ़ आता देखकर चंकी घबरा जाता था और वो जंगल की तरफ़ फ़रार होने में ही अपनी ख़ैरीयत समझते हुए वहां से भाग जाता था।

मोती, चंकी की बू का कुछ ऐसे पहचानने लगा था कि अगर चंकी रात के अंधेरे में भी अपनी शरारत अंजाम देने के लिए गांव आता तो मोती उसे ढूंढ निकालता था, और भौंक भौंक कर सारा गांव सर पर उठा लेता था।

मोती के भौंकने से गांव वाले समझ जाते थे कि चंकी आया होगा, इसलिए मोती भौंक रहा है, इससे पहले कि चंकी अपनी शरारत की शुरूआत करे, चंकी को भागना पड़ता था। इसके साथ ही गांव में एक गुलैल का दस्ता तैयार हो गया था। जिनमें चार पांच माहिर निशाने बाज़ लड़के थे, वो गुलैल से इतना सही निशाना लगाते थे कि शिकार खुद को बचा ही नहीं पाता था। जैसे ही मोती के भौंकने की आवाज़ें दिन में या रात में गांव में गूंजती थीं, वो दस्ता अपनी अपनी गुलैलें और पत्थर लेकर उस तरफ़ बढ़ता और फिर चंकी पर चार पांच तरफ़ से पत्थर बरसने लगते थे। ऐसे में चंकी को खुद को बचाना बहुत मुश्किल हो जाता था। दो-चार पत्थर उसको लगते तो उसका जिस्म दर्द का फोड़ा बन जाता था, और वो खुद को इन पत्थरों की मार से बचाने के लिए फ़रार हो जाता था। इस तरह चंकी ने अगर गांव वालों की ज़िंदगी दुश्वार कर रखी थी तो मोती ने चंकी की ज़िंदगी दूभर कर रखी थी।

दोनों एक दूसरे का कुछ बिगाड़ नहीं पाते थे, लेकिन दोनों को एक दूसरे से बहुत नुक़्सान था, मोती को उसकी मौजूदगी का पता चल जाता था, और वो उसके आने की सब को खबर दे देता था।

मोती को नुक़सान पहुंचाने के नाम पर वो सिर्फ़ कभी कभी एक-आध आम मोती को फेंक कर मार देता था जो कभी मोती को लगता तो कभी नहीं लगता। लेकिन ये तै था कि मोती की वजह से उसकी शरारतें कम हुई थीं।

वो रात-दिन यही सोचा करता था कि किस तरह मोती को रास्ते से हटाया जाये ताकि फिर वो आज़ादी से अपने कारनामे और शरारतें बिला ख़ौफ़ अंजाम दे सके। लेकिन ऐसा कोई रास्ता दिखाई नहीं देता।

एक दिन वो उसके बारे में सोचता उदास जंगल में बैठा था और सोच रहा था

कि शरारत करने के लिए गांव जाये या ना जाय, दरख़्तों पर आमों की बहार है, लेकिन मोती उनकी रखवाली कर रहा है, वो एक ऐसा मुहाफ़िज़ है जिसकी वजह से उसकी शरारतों पर लगाम सी लग गई है। उसी वक़्त उसके क़रीब से 'फ़ोगी' भेड़ीया गुज़रा।

'क्या बात है चंकी, आज बड़े उदास दिखाई दे रहे हो, क्या आज कोई शरारत करने का मूड नहीं है? गांव जाकर शरारत करके गांव वालों को तंग करने का इरादा नहीं है?' फ़ोगी ने पूछा।

'क्या बताऊं फ़ोगी भाई। मोती कुत्ते की वजह से सारी शरारतें बंद हो गई हैं, मेरे गांव में दाख़िल होते ही वो मेरी बू सूंघ लेता है और भौंक भौंक कर सारे गांव वालों को ख़बरदार कर देता है और मैं कुछ नहीं कर पाता हूं, जबतक मोती गांव में है, मुझे अपनी शरारत को अंजाम देना बहुत मुश्किल महसूस हो रहा है, सोच रहा हूं कि किस तरह मोती को अपने रास्ते से हटाऊं, लेकिन कोई रास्ता भी दिखाई नहीं दे रहा है।'

'अरे ये बात है तो फिर मैं कब काम आऊंगा।'

'क्या मतलब फ़ोगी भाई? मैं समझा नहीं', चंकी हैरत से बोला।

'यार, मुझे कुत्तों का गोश्त बहुत पसंद है, किसी तरह बहला फुसला कर मोती को तू जंगल लेकर आ। तेरा काम हो जाएगा, मैं मोती को तेरे रास्ते से हमेशा के लिए हटा दूंगा, और इस तरह मेरी एक दावत भी हो जाएगी।'

'अरे ऐसी बात है तो मैं आज ही मोती को जंगल में ले कर आता हूं।' फ़ोगी की बात सुनकर चंकी की आंखें चमकने लगीं। उसे लगा उसके सारी मुश्किलें खत्म हो गई हैं। फ़ोगी, मोती का ख़ातमा कर देगा, और इसके बाद फिर कोई भी उसे उसकी शरारतों से रोक नहीं सकेगा।

वो उसी वक़्त गांव रवाना हो गया। जंगल और गांव की सरहद पर एक खेत में जा बैठा, वो दरख़्त पर चढ़ना नहीं चाहता था, आज वो मोती का सामना करना चाहता था और अपने मंसूबे को अंजाम देना चाहता था। उसे पता था उसके गांव में आते ही उसकी बू मोती तक पहुंच गई होगी और वो इस बू के पीछे पीछे उसकी तलाश में निकल पड़ा होगा और जैसे ही वो उसे दिखाई देगा भौंकने और लोगों को उसकी मौजूदगी के बारे में ख़बरदार करने लगेगा।

थोड़ी देर बाद ही मोती उसकी बू को सूंघता उस जगह पहुंच गया, और जैसे ही उस पर नज़र पड़ी, वो ज़ोर ज़ोर से भौंकता हुआ उसकी तरफ़ लपका, चंकी चुपचाप बैठा रहा। मोती ने सोचा आज मौक़ा हाथ आ रहा है, चंकी दरख़्त के बजाए ज़मीन पर है, इसको दबोच कर इसका आज काम ही तमाम कर देता हूं

और गांव वालों को इसकी शरारतों से छुटकारा दिला देता हूं। चंकी को अंदाज़ा था आज उसे ज़मीन पर पा कर मोती उसपर हमला करेगा, इसलिए उसने खुद को मोती से बचाने के लिए पूरी तैयारी कर ली था। भौंकता हुआ मोती उसके क़रीब आ गया और उसपर झपट कर उसे पकड़ने ही वाला था कि चंकी जंगल की तरफ़ भाग खड़ा हुआ।

उसके भागने की रफ़्तार तेज़ नहीं थी, वो जानबूझ कर धीमी रफ़्तार में दौड़ रहा था, ताकि मोती की नज़रों से ओझल ना हो, उसके क़रीब रहे और उसे पकड़ने के चक्कर में मोती उसके पीछे पीछे पहुंच जाये।

जहां फ़ोगी उसकी दावत उड़ाने के लिए तैयार बैठा है, वो बड़े आराम से ज़मीन पर चल रहा था, और मोती पूरी पूरी ताकत से भौंकता हुआ उसके पीछे पीछे आ रहा था।

'चंकी! तुमने सारे गांव वालों को परेशान कर रखा है, आज तुम मेरे हाथ लगे हो, आज तुम्हारा किस्सा ही ख़त्म करके हमेशा के लिए तुमसे गांव वालों को छुटकारा दिला देता हूं।' भौंकता गुर्राता मोती चंकी के पीछे दौड़ रहा था।

'आज तक इतने गांव वाले मिलकर भी मेरा कुछ नहीं बिगाड़ पाए हैं, तुम तो एक मामूली कुत्ते हो, तुम मेरा क्या बिगाड़ पाओगे।' मोती को जोश दिलाने के लिए मुस्कुरा कर उसने मोती से कहा और फिर दौड़ लगाई।

'आज तो मैंने तै कर लिया है कि तुम्हारा ख़ात्मा किए बिना जंगल से नहीं जाऊंगा।' मोती दौड़ लगाता हुआ बोला। चंकी ज़ोरज़ोर से हंसने लगा।

'ये तो थोड़ी देर में पता चल जाएगा, आज किसका ख़ात्मा होना है, जंगल में मेरा एक दोस्त है फ़ोगी भेड़िया, उसको कुत्ते का गोश्त बहुत पसंद है और आज मैंने उसे दावत दी है, आज वो तुम्हारे गोश्त से मेरी तरफ़ से दावत उड़ाएगा।' चंकी मोती को गुस्सा दिलाने के लिए मुस्कुरा कर बोला।

'मैं आज तुम्हारे गोश्त से दावत उड़ाऊंगा, जैसे ही आज तुम मेरे हाथ आओगे, मैं तुमको फाड़ खाऊंगा, और बाक़ी जो गोश्त बच जाएगा उससे जंगल के चील कौव्वे मज़े उड़ाएंगे, आज इस जंगल में मेरी भी दावत है, और उन चील कव्वों की भी, तुम्हारे गोश्त से। हा-हा-हा।' मोती ज़ोर ज़ोर से हंसा और फिर पूरी ताकत लगाकर तेज़ दौड़ने लगा। अचानक वो ठिठक कर रुक गया।

चंकी ने अपनी फ़ितरत का सहारा लिया था, और क़रीब के एक दरख़्त पर चढ़ गया था। चंकी को दरख़्त पर चढ़ा देखकर मोती खुद को बड़ा बेबस महसूस करने लगा, उसे पता था दरख़्त पर वो चंकी का कुछ बिगाड़ नहीं पाएगा।

क्योंकि उसे दरख़्त पर चढ़ना नहीं आता है, और चंकी सबसे ऊंची शाख़ पर

चढ़ कर बैठ जाता है। दरख़्त पर बैठा चंकी ज़ोर ज़ोर से हंसकर मोती का मज़ाक़ अड़ा रहा था। जैसे कह रहा हो, अब बोलो तुम मेरा क्या बिगाड़ सकोगे। मोती अपने गुस्से पर क़ाबू पाने की कोशिश करते हुए बेबसी से चंकी को देख रहा था।

अचानक उसकी रूह फ़ना हो गई। उसे सामने से फ़ोगी भेड़िया आता हुआ दिखाई दिया, फ़ोगी इतना क़रीब पहुंच गया था कि वो चाह कर भी उससे बच नहीं सकता था, अगर वह पूरी ताकत लगाकर भी भागता तो फ़ोगी उसको दबोच लेता।

उसे अपने सर पर मौत मंडलाती दिखाई दी, और उसे चंकी की बात सही महसूस होने लगी कि आज उसने फ़ोगी को दावत दी है। वो उसके गोश्त से दावत उड़ाएगा। मोती को लगा, अब अपनी रफ़्तार से वो फ़ोगी से नहीं बच सकता, सिर्फ अपनी चालाकी या किसी तरकीब से ही फ़ोगी से बच सकता है, वो फ़ोगी की तरफ़ पीठ करके खड़ा हो गया, और फ़ोगी से बचने के लिए कोई तरकीब सोचने लगा।

अचानक उसकी नज़र एक सूखी हड्डी पर पड़ी जो पता नहीं किस जानवर की थी, उसने वो हड्डी हाथ में लेकर हवा में उछाली ।

'आज भी शेर का गोश्त खाना पड़ा, आजकल क़िस्मत मुझ पर मेहरबान है, रोज़ाना कोई ना कोई शेर, बकरा बन जाता है, और में उसको खाकर मौज अड़ा रहा हूं, लेकिन सुना है भेड़ीए का गोश्त बड़ा मज़ेदार होता है। इस जंगल में कोई भेड़िया मिल जाये तो मज़ा आ जाये, उसका गोश्त खा कर अपनी ज़बान का चटख़ारा ठीक करूंगा।'

फ़ोगी, मोती पर झपटने के लिए आगे बढ़ रहा था, मोती की ये बात सुनी तो डर गया। 'अरे बाप रे! ये कुत्ता तो शेर को खाता है, और आज किसी भेड़िये को खाने की सोच रहा है, अगर मैं इसके सामने गया तो ये मुझे खा जायेगा, जो शेर को मार कर खा सकता है, उसके सामने एक मामूली भेड़िये की क्या औक़ात। भलाई इसी में है कि इससे पहले कि इसकी नज़र मुझ पर पड़े, मैं भाग निकलूं...!' और वो वहां से भाग खड़ा हुआ।

फ़ोगी को अपनी तरफ़ भागता देख कर चंकी दरख़्त से नीचे उतरा और फ़ोगी के पीछे दौड़ने लगा। 'ये क्या कर रहे हो, मैं आज मोती कुत्ते को फांस कर तुम्हारे लिए लाया था। ताकि तुम उसे मार कर दावत उड़ा सको। लेकिन तुम तो उसे मारने के बजाए उससे दूर भाग रहे हो?'

'माफ़ करना चंकी। ये तो बड़ा ख़तरनाक कुत्ता है। रोज़ाना शेरों को मार कर उनका गोश्त खाता है, और आज भेड़िये का गोश्त खाना चाहता है। मैं अगर सामने गया तो आज मुझे भी खा जाएगा।' फ़ोगी बोला।

'अरे वो कुत्ता सिर्फ़ तुमको धमकाने के लिए डींग मार रहा है, झूट बोल रहा

है, वो शेर को क्या मारेगा, आज तक उसने एक बिल्ली भी नहीं मारी होगी। क्यों अपने शिकार को यूं छोड़ रहे हो?'

चंकी की बात सुनकर फ़ोगी रुक गया। 'ऐसी बात है तो अभी इस कुत्ते पर हमला करके इसे फाड़ खाता हूं'। कहता हुआ वो मोती की तरफ़ बढ़ा।

मोती ने जब दुबारा फ़ोगी को अपनी तरफ़ आते देखा तो उसने सोचा फ़ोगी दुबारा उसकी तरफ़ आ रहा है, अब तो उसकी ख़ैर नहीं, लेकिन उसने हिम्मत नहीं हारी और चालाकी से काम लेते हुए आवाज़ लगाई।

'चंकी बंदर मुझे आज ये कह कर जंगल लाया था कि चलो आज मैं तुम्हें एक भेड़िये फ़ोगी का गोश्त खुलाता हूं, और मुझे यहां रोक कर बहला फुसलाकर फ़ोगी भेड़िये को लाने के लिए गया था। मगर न तो अभी तक वो आया ना भेड़िया।'

मोती की ये बात सुनकर फ़ोगी डर गया, उसे ये चंकी की साज़िश महसूस हुई जो उसे मोती के हाथों मरवाना चाहता हो।

'तो चंकी के बच्चे! तू ने मुझे मोती के हाथों मरवाने की साज़िश रची है, ठहर अभी तुझे इसका मज़ा चखाता हूं।' वो पलट कर भागा और जैसे ही चंकी दिखाई दिया, उसपर झपट पड़ा और फाड़ कर खा गया।

इस तरह चालाकी से मोती ने अपनी भी जान बचा ली और गांव वालों को चंकी से भी छुटकारा दिला दिया।

(वाट्स एप्प पर आए एक पैग़ाम की पर)

✍ ✍

इल्म और हुनर

आरिफ़ बीस साल बाद गांव आया था, इन बीस बरसों में गांव पूरी तरह बदल गया था, और आरिफ़ भी। आरिफ़ का शुमार मुल्क के माने हुए आलिमों में होता था। वो एक कॉलेज में प्रोफ़ैसर था, और अपने मज़मून में इतना माहिर था कि मुल्क में इस मज़मून के जो दस बड़े माहिर थे उनमें एक आरिफ़ भी था, इस मज़मून के सिलसिले में जहां भी बात होती थी आरिफ़ का ज़िक्र ज़रूर आता था, और इस मज़मून के सिलसिले में जब भी कोई फ़ैसला लेना होता था आरिफ़ से मश्वरा ज़रूर लिया जाता था।

आरिफ़ की शौहरत सिर्फ़ न सिर्फ मुल्क बल्कि ग़ैर मुल्कों में भी थी। उसके मज़मून इल्म-ए-कीमिया के बड़े बड़े सेमिनारों में उसे बुलाया जाता था और उसके इल्म से फ़ायदा उठाया जाता था।

आरिफ़ इतना बड़ आदमी है गांव वालों को इसका अंदाज़ा ही नहीं था, यहां तक कि आरिफ़ के जो गांव के दोस्त थे, वो भी आरिफ़ के बारे में सिर्फ इतना ही जानते थे कि किसी बड़े कॉलेज में प्रोफ़ैसर है, बहुत मसरूफ़ रहता है, इसलिए गांव नहीं आ पाता है, और पिछले बीस बरसों से गांव नहीं आया था।

२० साल बाद आरिफ़ जब गांव आया तो उसके दोस्तों और रिश्तेदारों में तो जश्न का समां था लेकिन इस बीच जो एक नई नस्ल पैदा हुई थी, उसको इन बातों से कोई वास्ता नहीं था, क्योंकि वो आरिफ़ को नहीं जानते थे, लेकिन जो उसके पुराने दोस्त और जानने वाले थे वो उससे मिलने के लिए बेताब थे, उसके घर में उससे मिलने के लिए आने वालों का तांता लगा हुआ था। एक दिन तो मिलने मिलाने में चला गया, दूसरे दिन उसने तै किया कि गांव के क़रीब के जंगल, नदी, और पहाड़ की सैर की जाये, जहां वो खेल कूद करें। अपने शहर में भी इनकी बहुत याद आती थी।

हाई स्कूल से पहले ही वो आला तालीम हासिल करने के लिए शहर चला गया

था। हॉस्टल में रह कर उसने आला तालीम हासिल की थी, इलम-ए-कीमिया में उसने यूनीवर्सिटी में गोल्ड मैडल हासिल किया था, इसलिए उसे फ़ौरन एक अच्छे कॉलेज में नौकरी भी मिल गई।

नौकरी मिलने के बाद उसने रहने के लिए अपना अच्छा सा घर लिया और वहां रहने लगा। क्योंकि अब तक वो हॉस्टल में रहता था। इसके बाद उसने गांव से अपने मां बाप, भाई बहनों को भी शहर बुला लिया, सिर्फ एक भाई गांव मैं रह गया। गांव की ज़मीनों की देख-भाल के लिए।

कुछ दिनों के बाद आरिफ़ की शादी एक अच्छे घर में हो गई। उसने रहने के लिए अपना एक शानदार बंगला बना लिया और इसके बाद सर्विस और ज़िंदगी में कुछ ऐसा मसरूफ़ हुआ कि उसे गांव आने के लिए फ़ुर्सत ही नहीं मिल सकी। फिर उसके भाई बहन भी उसके पास चले गए थे, इसलिए गांव आने की ज़रूरत भी नहीं थी। सिर्फ एक भाई गांव मैं था, वो कभी कभी शहर जा कर उससे मिल आता था।

दूसरे दिन जब आरिफ़ गांव की सैर के लिए निकला तो सीधा अपने बचपन के दोस्त सुहैल के घर पहुंचा, सुहैल उससे मिलकर गया था, लेकिन आरिफ़ के इस तरह अचानक उसके घर पहुंच जाने का उसने सोचा भी नहीं था।

उसका दोस्त, उसके बचपन का दोस्त जो अब एक बहुत बड़ा आदमी बन गया था उससे मिलने के लिए उसके छोटे से घर आया था, इस वजह से वो ख़ुश भी था, और परेशान भी, अपने दोस्त जो बहुत बड़ा आदमी बन गया था, उसके अपने घर आने पर तो वो बेहद ख़ुश था, लेकिन उसको अपने घर में कहां बिठाता इसके लिए वो बेहद परेशान था।

शहर के एयर कंडीशंड कमरों में रहने वाले आरिफ़ को उसका टूटा फूटा मकान कहां पसंद आएगा? लेकिन उसने सुहैल की मुश्किल आसान कर दी और उससे बोला।

'चलो सुहैल, आज अर्से बाद गांव, जंगल, नदी और पहाड़ की सैर करते हैं, तो सुहैल उसके साथ चल दिया।

उन्होंने गांव का एक फेरा लगाया। गांव तो वही पुराना था, वही पुरानी गलियां, पुराने मकान, फिर भी काफ़ी कुछ बदल गया था, कई नई तरह के मकान बन गए थे, और नई नई चीज़ों की दुकानें भी खुल गई थी।

'हां तो सुहैल, आजकल काम क्या कर रहे हो?' आरिफ़ ने पूछा।

'वही अपना पुराना काम खेती बाड़ी।' सुहैल ने मुस्करा कर जवाब दिया। 'गांव में और दूसरा क्या काम किया जा सकता है? किसान के घर पैदा हुए किसान बन

गए, किसान मरेंगे।'

'मैं भी तो किसान के घर पैदा हुआ था। लेकिन मैं किसान नहीं बना, पढ़ लिख कर प्रोफ़ैसर बन गया हूं...' आरिफ़ बोला।

'हां...! और हम पढ़ नहीं सके, खेत के कामों के चक्कर में पढ़ाई छोड़ दी। इसलिए किसान ही रहे, तुम्हारी तरह बड़े आदमी नहीं बन सके।' सुहैल ने मुस्कुरा कर कहा।

'तुमने अपनी तालीम की सिलसिला ख़त्म करके अपनी आधी ज़िंदगी तबाह कर दी, अगर तुम अपनी तालीम जारी रखते तो तुम्हारी ज़िंदगी संवर जाती। इल्म की सारी दुनिया में क़द्र है।' आरिफ़ बोला।

'हां, इस बात का एहसास तो आज मुझे तुम्हें देखकर हो रहा है।' सुहैल ने जवाब दिया।

'ज़रूरत इस बात की थी कि तुम सभी मेरी तरह तालीम हासिल करते, तो वो इल्म तुम्हें भी मेरी तरह बड़ा आदमी बना देता।' आरिफ़ बोला।

'क्या करें, हमारी क़िस्मत में शायद इल्म नहीं लिखा था, हुनर लिखा था, खेती बाड़ी करने का हुनर, इस हुनर के सहारे ज़िंदगी गुज़ार रहे हैं।' सुहैल ने मुस्कुरा कर जवाब दिया।

'इल्म, इल्म होता है, और हुनर, हुनर... इल्म से इन्सान आलिम बनता है और हुनर से कारीगर। देखो मैं अपने इल्म से आलिम बन गया, और तुम अपने हुनर से किसान!' आरिफ़ बोला।

'हां ये बात तो है।' सुहैल ने उसकी हां में हां मिलाई।

'तुमको तालीम हासिल करना चाहिए था। अगर तुम तालीम हासिल कर लेते तो तुम्हारी वो तालीम तुम्हारी खेती के कामों में भी काम आती। तुम को तालीम के ज़रिये पता चलता कि किस फ़सल को कौन सी खाद दी जाये तो वो ज़्यादा आती है। किस कैमीकल के पौदों को देने से उनमें फल और दाने ज़्यादा आते हैं।' आरिफ़ बोला।

'हां...आजकल नए ज़माने में तो इस तरह से खेती बाड़ी करके उसका ज़्यादा से ज़्यादा फ़ायदा उठाया जा रहा है, लेकिन हमारे पास तालीम नहीं है, इसलिए हम पुराने अंदाज़ में खेती बाड़ी कर रहे हैं।' सुहैल ने इस बात को माना।

गांव की सैर करते हुए वो नदी के किनारे आ गए। नदी को देख कर आरिफ़ बहुत ख़ुश हुआ।

'वाह क्या बात है। नदी तो आज भी वैसी ही है जैसी हमारे बचपन में थी।'

'हां, और बारिश का मौसम अभी अभी ख़त्म हुआ है, इसलिए इस में पानी

भी ज़्यादा है।' सुहैल ने जवाब दिया।

'अब तो इस में नाव भी चलने लगी है।' आरिफ़ बोला। 'कितनी सारी किश्तियां किनारे पर बंधी हैं, हमारे बचपन में तो सिर्फ दो-चार कश्तियां ही हुआ करती थीं।'

'हां, अब इन किश्तियों की मदद से भी आने-जाने और बोझ ढोने का काम होता है। इसलिए भी इसकी तादाद बढ़ गई है।' सुहैल ने जवाब दिया।

'मेरा दिल आज किश्ती में बैठ कर नदी की सैर करने को चाह रहा है।' आरिफ़ नदी किनारे बंधी हुई किश्तियों को देखकर बोला।

'तो इसमें कौन सी बड़ी बात है। आओ किश्ती में बैठ कर नदी की सैर करते हैं।' सुहैल बोला।

दोनों एक किश्ती वाले के पास आए, किश्ती वाला सुहैल की पहचान का था। जब सुहैल ने उससे उसकी किश्ती में नदी की सैर करने की ख़्वाहिश ज़ाहिर की तो वो बोला।

'मुझे एक ज़रूरी काम से अभी शहर जाना है, इसलिए मैं तो तुम लोगों को किश्ती से नदी की सैर नहीं करा सकता। तुम तो किश्ती चलाना जानते हो, इसलिए ये किश्ती लेकर जाओ और खुद ही सैर कर लो, सैर करने के बाद घाट पर नाव बांध देना।'

'अच्छी बात है।' सुहैल ने कहा तो किश्ती वाले ने उन्हें अपनी किश्ती दे दी और चला गया।

'ये किश्ती वाला तो चला गया, अब इस किश्ती को कौन चलाएगा?' आरिफ़ ने पूछा।

'तुम्हारा दोस्त सुहैल!' सुहैल ने हंस कर जवाब दिया।

'तुम किश्ती चलाना जानते हो?'

'हां यार। तालीम तो हासिल नहीं कर सका, इसलिए इस तरह के छोटे मोटे काम करना सीख गया हूं।'

'हां यार। तुमने इल्म हासिल नहीं किया इस वजह से तुम्हारी आधी ज़िंदगी तबाह हो गई है।' आरिफ़ बोला

'लेकिन हुनर के सहारे तो ज़िंदगी गुज़ार रहा हूं...' सुहैल ने हंस कर जवाब दिया।

'लेकिन इल्म, इल्म होता है।' आरिफ़ बोला।

'हुनर भी इल्म से कम नहीं होता।' सुहैल बोला।

'किस तरह?' आरिफ़ ने पूछा।

'देखो, आज तुमको नदी की सैर करनी थी। तुम किश्ती चलाना नहीं जानते हो। इसलिए इस वक़्त तुम्हारा इल्म हमारे कुछ काम नहीं आ सकता, इल्म की मदद से हम किश्ती नहीं चला सकते। इसके लिए किश्ती चलाने का हुनर ही काम आता है।' सुहैल ने हंसकर कहा। 'में ये हुनर जानता हूं, इसलिए हम अब इस हुनर के सहारे नदी की सैर करेंगे।'

सुहैल की बात का आरिफ़ ने कोई जवाब नहीं दिया।

दोनों किश्ती में बैठ गए। सुहैल किश्ती चलाने लगा। सुहैल किश्ती चलाता हुआ नदी के बीच ले गया।

आरिफ़ कभी हैरत से सुहैल को देखता कभी नदी को। सुहैल जिस महारत से किश्ती चला रहा था, उससे ऐसा महसूस हो रहा था जैसे वो किश्ती चलाने का माहिर है। किश्ती किसी तीर की तरह लहरों को चीरती आगे बढ़ रही थी।

जब वो नदी के बीच पहुंच गए तो सुहैल ने किश्ती रोक दी।

'अब यहां से नदी किनारे और जंगल के पहाड़ों को देखो।'

आरिफ़ हैरत से चारों तरफ़ के नज़्ज़ारे देख रहा था। उसे एक अजीब सा सुकून मिल रहा था। एक ख़ुशी उसके अंदर समाई हुई थी। वो किश्ती में सवार था, किशती नदी के बीच रुकी हुई थी। नदी की लहरें आ-आ कर किश्ती से टकरा रही थीं। दूर किनारे पर घाट दिखाई दे रहा था जिस पर कई किश्तियां बंधी हुई थीं। घाट के पीछे गांव दिखाई दे रहा था।

नदी के दूसरे किनारे पर जंगल का सिलसिला उसे बचपन याद दिला रहा था। जब वो स्कूल से भाग कर नदी पर नहाने के लिए आते थे। सारे बच्चे नदी के पानी में खूब नहाते थे। पानी में छलांगें लगाते, तैरते एक दूसरे के साथ मस्ती करते। लेकिन वो नदी के किनारे बैठा उन्हें देखकर ही मज़े लेता था, उसकी वजह ये थी कि उसे पानी से बहुत डर लगता था। इस डर की वजह से वो पानी में क़दम नहीं रखता था, तो इसमें नहाना तो दूर की बात थी। बहुत दिल में आता था तो नदी के किनारे के पानी में नहा लेता था। स्कूल और गांव के सारे बच्चे नदी में तैरना बहुत अच्छी तरह जानते थे, सब नदी में तैरना सीख गए थे।

लेकिन क्योंकि आरिफ़ को पानी से डर लगता था, इसलिए वो तैरना नहीं सीख सका, और इस वजह से भी बच्चों के साथ नदी में नहीं नहाता था।

'कहां खो गए?' सुहैल ने उसे टोका तो वो माज़ी से निकल कर हाल की दुनिया में आया।

'बचपन की बातें याद आ रही थीं, जब हम सब बच्चे स्कूल से भाग कर नदी पर नहाने आते थे।'

'और तमाम बच्चे तो नदी में ख़ूब नहाते थे और तुम नदी के किनारे बैठ कर तमाशा देखते थे।' सुहैल ने हंस कर कहा। 'क्योंकि तुमको पानी से डर लगता था इसलिए तुमने तैरना सीखा नहीं, क्या तुम को एहसास नहीं होता कि तैरने का हुनर ना सीखने की वजह से तुम्हारी ज़िंदगी में कोई कमी रह गई है।'

'बिलकुल नहीं।' आरिफ़ बोला। 'मैं शहर में रहता हूं, जहां नदी नहीं है, इसलिए कभी मुझे तैरने की ज़रूरत पेश नहीं आई है, इसलिए तैरने का हुनर ना सीख कर भी मुझे कभी उसकी कमी महसूस नहीं हुई। मेरा इल्म है जो मेरे हर काम आता है। आज इस इल्म की वजह से मेरी इज़्ज़त है, जहां भी जाता हूं लोग मुझे इज़्ज़त की नज़रों से देखते हैं इल्म की वजह से मेरी ज़िंदगी बन गई है और तुमने इल्म ना हासिल करके अपनी आधी ज़िंदगी ख़राब कर दी।'

आरिफ़ की बात सुन कर सुहैल फिर ज़ोर से हंस पड़ा।

'अब ये अभी मैं साबित नहीं कर सकता हूं कि तुम्हारा इल्म बड़ा है, या हमारा हुनर, हमारे पास इल्म नहीं है, फिर भी हम इससे अच्छी ज़िंदगी जी रहे हैं। तुम्हारे पास हुनर नहीं है लेकिन फिर भी तुम अपने इल्म की मदद से अच्छी ज़िंदगी जी रहे हो।'

सुहैल की बात सुनकर आरिफ़ फिर बोला।

'लेकिन बिना इल्म के ज़िंदगी अधूरी है, इन्सान को इल्म हासिल ही करना चाहिए वही ज़िंदगी में उसके काम आता है। हुनर काम नहीं आता है।'

'अरे! फिर तुम अपनी ही बात मनवाने की कोशिश कर रहे हो।' सुहैल बोला। 'अभी हमारे साथ जो हुआ इस पर भी तुम यक़ीन नहीं करते? नाव वाले ने हमें नदी की सैर कराने से इनकार कर दिया, जबकि तुम्हारे दिल की ख़्वाहिश थी कि तुम नदी की सैर करो, उस वक़्त तुम्हारा इल्म काम नहीं आया क्योंकि इल्म की मदद से हम नदी की सैर नहीं कर सकते थे। मेरा हुनर काम आया क्योंकि मैं किश्ती चलाने का हुनर जानता था। इसी लिए आज मैं किश्ती चला रहा हूं और हम नदी की सैर कर रहे हैं।' सुहैल बोला।

लेकिन आरिफ़ उसकी बात मानने को तैयार नहीं था। वो अपने इल्म को ही बड़ा बता रहा था।

अचानक मौसम बदल गया, सारा आसमान बादलों से घिर गया और तेज़ हवाएं चले लगीं। तेज़ हवाओं की वजह से नदी में बड़ी बड़ी लहरें उठने लगीं, उन मौजों की वजह से किश्ती डगमगाने लगी। इस तूफ़ान से दोनों घबरा गए।

उन्होंने कभी सोचा भी नहीं था कि अचानक मौसम इस तरह तबदील हो जाएगा और वह मुश्किल में घिर जाएंगे।

'सुहैल, किश्ती को किनारे की तरफ़ ले चलो। नदी में बड़ी बड़ी मौजें उठ रही हैं, कहीं कोई मौज किश्ती को पलट न दे।' आरिफ़ ने घबराकर कहा।

'हां! डर तो मुझे भी लग रहा है।' सुहैल किशती चलाता हुआ बोला। 'लेकिन नदी में तूफ़ान आने की वजह से किश्ती आगे नहीं बढ़ पा रही है।'

और फिर अचानक तेज़ बारिश शुरू हो गई, उसकी वजह से नदी की ज़ोर कुछ और ज़्यादा बढ़ गया। दोनों घबरा गए, और फिर वही हुआ जिसका उनके दिल में डर था। नदी में एक बड़ी सी मौज उठी और उसने किश्ती को उलट दिया। दोनों पानी में जा गिरे, और वह बड़ी मौज उल्टी हुई किश्ती को बहा कर दूर लेकर चली गई।

सुहैल तैरना जानता था। इसलिए वो पानी में गिरने के बाद तैरने लगा। लेकिन आरिफ़ तैरना नहीं जानता था, इसलिए वो पानी में डूबने लगा, और मदद के लिए 'बचाओ बचाओ' पुकारने लगा।

सुहैल ने आरिफ़ को डूबता हुआ देखा तो तैरता हुआ उसके पास आया और उसे पकड़ कर डूबने से बचाने लगा।

'सुहैल मुझे बचाओ, मैं तैरना नहीं जानता, इसलिए मैं डूब रहा हूं, इस तरह तो मैं डूब कर मर जाऊंगा।' आरिफ़ उखड़ी हुई सांसों से बोला।

'नहीं मेरे दोस्त, तुम डूब नहीं सकते।' सुहैल बोला।

'मैं डूब जाऊंगा, मुझे तैरना नहीं आता।' आरिफ़ रुहांसी आवाज़ में बोला।

'नहीं, तुम्हें तुम्हारा इल्म डूबने से बचाएगा।' सुहैल उस का मज़ाक़ उड़ाते हुए बोला।

'नहीं मेरा इल्म मुझे डूबने से नहीं बचा सकता। मैंने इल्म तो सीखा, लेकिन तैरने का हुनर नहीं, इसलिए डूबने से नहीं बच सकता।' आरिफ़ बोला

'तुम बार बार यही कहते थे ना, कि मैंने इल्म न हासिल करके अपनी आधी ज़िंदगी बर्बाद कर ली।' सुहैल ने कहा।

'हां...।' आरिफ़ बोला।

'अब मैं कहता हूं तुमने तैरने का हुनर ना सीख कर अपनी सारी ज़िंदगी तबाह कर ली।'

सुहैल की बात सुन कर आरिफ़ चुप रहा।

सुहैल उसे अपने हुनर के सहारे पकड़ कर, तैर कर किनारे की तरफ़ ले जाने लगा।

एकता की ताक़त

यह तो रात में ही पता चल गया था कि 'जग्गा' डाकू ने अपनी धमकी के मुताबिक़ ठाकुरों के मुहल्ले पर डाका डाला है, गोलियां चलने और लोगों की चीख़-पुकार से माहौल थर्रा रहा था। जिससे हर किसी का दिल धड़क उठता था और वो ख़ौफ़ से अपने घर में दुबक जाता था। शायद दो घंटे तक जग्गा की लूट मार, मार काट जारी रही। उसके बाद सन्नाटा छा गया, जिस का मतलब था कि अब जग्गा जा चुका है, अब ख़तरे की कोई बात नहीं है।

लेकिन सब इतने डरे हुए थे कि किसी ने भी अपने घर से निकल कर ठाकुरों के मुहल्ले जा कर उनकी ख़ैर-ख़ैरियत लेने की कोशिश नहीं की कि उनपर क्या बीती, जग्गा ने डाके में क्या क्या लूटा? कौन कौन जग्गा और उसके साथियों के हाथ ज़ख़्मी हुआ? किसकी मौत जग्गा के हाथों हुई? सब या तो चुपचाप सो गए, या फिर दिन निकलने का इंतिज़ार करने लगे।

दिन निकला तो सारा गांव ठाकुरों के मुहल्ले में जमा हो गया और अपनी आंखों से जग्गा की फैलाई तबाही को देखने लगे।

इस बार जग्गा ने कुछ ज़्यादा ही तबाही मचाई थी, कई लोग ज़ख़्मी हुए थे, उनमें कुछ तो बेक़सूर थे, और कुछ लोग ऐसे थे जिन्हों ने जग्गा के आदमियों से मुक़ाबला करने की कोशिश की थी, दो लोगों की जानें गई थीं, जग्गा के आदमी भी ज़ख़्मी हुए थे, लेकिन जग्गा ने काफ़ी माल लूटा था, और कई घरों को उसने आग भी लगा दी थी। लोग ठाकुरों को तसल्ली दे रहे थे, लेकिन ठाकुरों का ग़ुस्सा सातवें आसमान पर था, जो भी उन्हें तसल्ली देने की कोशिश करता वो उसे बुरी तरह झिड़क देते थे।

'जब जग्गाने हमारे मुहल्ले में मार काट मचा रखी थी उस वक़्त तो गांव का कोई भी आदमी मदद को नहीं आया, अब झूटी तसल्ली देने के लिए सब आ रहे हैं, मर्द के बच्चे हैं तो जिस वक़्त जग्गा हमारे मुहल्ले में दाख़िल हुआ उस वक़्त

हमारी मदद को आते। हमसे जितना बन सका हमने जग्गा का मुक़ाबला किया, लेकिन तुम सब लोगों ने तो जग्गा के ख़ौफ़ से चूड़ियां पहन रखी थीं।'

ठाकुरों का ग़ुस्सा सही था, एक गांव में सब रहते हैं, जब जग्गा ने ऐलान कर दिया था कि वो ठाकुरों की बस्ती को लूटने वाला है और ठाकुर जग्गा और उसके साथियों से अपने बचाव की तैयारियां कर रहे थे तब गांव वालों को उनकी मदद करनी चाहिए थी। लेकिन उनकी मदद को कोई नहीं गया।

ऐसा गांव में तीसरी बार हुआ है।

इस से पहले जग्गा ने दलितों की बस्ती पर ऐलान करके हमला किया था। जब लोगों को पता चला कि जग्गा दलितों की बस्ती में डाका डालने वाला है। तो तमाम गांव वालों ने राहत की सांस ली कि उनको कोई ख़तरा नहीं है जग्गा दलितों की बस्ती को लूटेगा।

पहले जग्गा के ख़ौफ़ से सारा गांव सहमा रहता था कि पता नहीं कब जग्गा कहां डाका डाल दे इसलिए तमाम गांव के लोग मिल कर जग्गा से मुक़ाबला करने के लिए तैयार रहते थे और उन्होंने कई बार उसे मार भगाया था। इसके बाद जग्गा ने ये तरकीब आज़माई थी।

वो पहले से ऐलान कर देता था कि आज वो इस मुहल्ले पर हमला करने वाला है, इस ऐलान को सुन कर गांव के दूसरे महल्लों के लोग इतमिनान से अपने घरों में दुबके रहते और उस मुहल्ले के लोग जिस पर डाका डालने का ऐलान जग्गा ने किया होता था, जग्गा से मुक़ाबले की तैयारी में लग जाते या जाग रहे होते।

दलितों के मुहल्ले में तो जग्गा को ज़्यादा माल नहीं मिला। इसलिए उसने बाद में 'यादवों' के मुहल्ले को निशाना बनाया।

इस डाके में वो पूरी तरह कामयाब रहा क्योंकि यहां उसके हाथ काफ़ी माल आया था। यादवों ने उसका मुक़ाबला किया था, लेकिन वो जग्गा और उसके साथियों के सामने हार गए थे। उनके कई आदमी ज़ख़्मी हुए थे। लेकिन उसका डाका कामयाब रहा था। इन दो डाकों से जग्गा बहुत ख़ुश था ।

उसके दोनों डाके कामयाब डाके इस हिसाब से थे कि उसे इन डाकों में माल भी खूब मिला और उसे मुक़ाबला भी कम करना पड़ा। इससे पहले वो जब भी गांव पर डाका डालने के लिए आता था, उसे सख़्त मुक़ाबले का सामना करना पड़ता था। क्योंकि उसे सारे गांव का मुक़ाबला करना पड़ता था, इसलिए वह ज़्यादा कामयाब नहीं होता था, और उसे पीछे हटना पड़ता था। लेकिन जब से उसने ऐलान कर के एक ख़ास मुहल्ले में डाका डालने की तरकीब अपनाई थी उसे बड़ी कामयाबी मिल रही थी।

इसका सबसे बड़ा असर ये हुआ था कि उसको सारे गांव का मुक़ाबला नहीं करना पड़ता था। सिर्फ उस मुहल्ले के लोगों से ही मुक़ाबला करना पड़ता था जिस मुहल्ले में उसे डाका डालना होता था। गांव के दूसरे लोग अपने अपने घरों में दुबके रहते थे। इस चालाकी से उसने गांव वालों की एकता को तोड़ दिया था, जिसकी वजह से पहले हमेशा उसे नुक़्सान उठाना पड़ता था।

अब क्योंकि वो पहले से ऐलान करके ख़ास महल्लों पर हमला करता था इसलिए गांव वाले सोचते थे कि ये गांव का नहीं उस मुहल्ले का, उस बिरादरी का मसअला है, और वो उन लोगों का, उस मुहल्ले का साथ नहीं देते थे।

उसने गांव की एकता को तोड़ दिया था, गांव वालों में फ़र्क पैदा कर दिया था, इस वजह से उसको बहुत फ़ायदा पहुंच रहा था।

जग्गा इस इलाक़े का एक मशहूर डाकू था।

उसका बहुत बड़ा गिरोह था जो नए नए हथियारों से लैस था, वो पूरा पहाड़ी इलाक़ा था और पूरे इलाक़े में छोटे छोटे गांव आबाद थे, कोई भी बड़ा शहर या गांव इस इलाक़े में नहीं था। पुलिस चौकियों के नाम पर पूरे इलाक़े में दो तीन पुलिस चौकियां थीं, इसी वजह से जग्गा को पुलिस का कोई डर नहीं था। न तो उसका कभी पुलिस से सामना हो पाता था, और न ही उसका पुलिस कुछ बिगाड़ पाती थी। उसका मुक़ाबला गांव वाले ही करते थे, लेकिन गांव वाले माहिर डाकूओं का मुक़ाबला क्या करेंगे। कभी कभी ही वो जग्गा और उसके साथियों को भगाने में कामयाब होते थे।

लेकिन फूल पूर गांव जग्गा के लिए एक सर-दर्द बना हुआ था। फूल पूर में बहुत दौलत थी, वहां के लोग बहुत मालदार थे। लेकिन जग्गा इस गांव को लूटने में इसलिए कामयाब नहीं हो पाता था कि इस गांव के लोगों में बड़ी एकता थी। जग्गा जैसे ख़तरों का वो मिलकर मुक़ाबला करते थे, और उनकी एकता के सामने कोई नहीं टिक पाता था।

जग्गा बार-बार फूल पूर पर हमला करता था, लेकिन सारे गांव वाले मिलकर उसका मुक़ाबला करते थे। इसलिए जग्गा को अपने इरादों में कामयाबी नहीं मिलती थी। इस पर उसके कुछ साथियों ने उसे मश्वरा दिया।

'सरदार, क्यों ना हम फूल पूर का ख़याल ही छोड़ दें, लूटने के लिए तो हमारे पास और भी कई गांव हैं, हम फूल पूर पर हमला करते हैं तो गांव वाले हमारा मुक़ाबला करते हैं, और हमें खाली हाथ लौटना पड़ता है। इससे हमारी दहशत कम हो रही है। आज सारा इलाक़ा हमसे डरता है, लेकिन इलाक़े के यही लोग अगर फूल पूर वालों के रास्ते पर चलने लगे तो हमें ये धंदा ही छोड़ना पड़ेगा। इसलिए

हमारी भलाई इसी में है कि हम फूल पूर छोड़कर दूसरे गांव और इलाक़े में डाका डालें।'

'नहीं...' जवाब में जग्गा ने गरज कर कहा, 'अगर लोगों को पता चल गया कि मैंने फूल पूर वालों की एकता के आगे हार मान कर ली है तो सारे इलाक़े एक हो जाएंगे। इसलिए सबसे ज़रूरी अब ये काम हो गया है, फूल पूर के लोगों की एकता को तोड़ा जाये, एक-बार फूल पूर के लोगों की एकता टूट गई तो हम आसानी से फूल पूर लूटने के लिए आज़ाद हो जाऐंगे, और दूसरे इलाक़े, गांव में फूल पूर वालों की तरह से बेवकूफी नहीं कर पाऐंगे।'

फिर फूल पूर के लोगों की एकता को किस तरह ख़त्म किया जाए, उनमें फूट कैसे डाली जाये? वो मंसूबे बनाने लगा, और एक दिन उसने फूल पूर के लोगों की एकता ख़त्म करने और उनमें फूट डालने का रास्ता ढूंढ लिया।

फिर एक दिन उसने ऐलान कर दिया कि वो किस दिन दलितों के मुहल्ले पर डाका डालेगा। पहले तो ऐलान करके डाका डालने की जग्गा की चालाकी किसी की समझ में नहीं आई। वो लोग जग्गा की चाल को समझ नहीं सके, जब लोगों ने सुना कि जग्गा दलित मुहल्ले पर हमला करने वाला है, तो गांव के दूसरे मुहल्ले के लोगों ने सुकून की सांस ली और दलित मुहल्ले के लोगों में घबराहट फैल गई। वो लोग अपने आपको जग्गा से महफ़ूज़ रखने की तरकीब सोचने लगे और उससे मुक़ाबले की तैयारी करने लगे।

पहले जब जग्गा के आने ख़बर गांव पहुंचती तो सारा गांव एक हो कर उसका मुक़ाबला करता था, लेकिन इस वक़्त सिर्फ़ दलित मुहल्ले के लोग ही उससे मुक़ाबले की तैयारी कर रहे थे, अपने बताए हुए दिन जग्गा ने दलित मुहल्ले पर हमला किया था, लेकिन काफ़ी एहतियात से। उसे इस बात का डर था कि हमेशा की तरह सारे गांव वाले मिलकर उसका मुक़ाबला करेंगे, और हर बार की तरह इस बात भी उसे भागना पड़ेगा।

लेकिन जब उसने देखा कि उसका मुक़ाबला करने के लिए पूरे गांव वाले न हो कर सिर्फ दलित मुहल्ले के लोग ही हैं तो उसकी बांछें खिल गईं, उसकी चाल कामयाब रही थी।

वो फूल पूर के लोगों की एकता को तोड़ कर उनमें फूट डालने में कामयाब रहा था।

उसे दलित मुहल्ले से लूट में इतना माल हाथ नहीं लगा, लेकिन वो फिर भी ख़ुश था। क्योंकि उसने अपने लिए जो सबसे बड़ा ख़तरा था, गावं वालों की एकता, उस ख़तरे को हमेशा के लिए ख़त्म कर दिया था।

इसके बाद उसने यादवों के मुहल्ले पर हमला करने का ऐलान किया। उसे यादवों के मुहल्ले में भी ज़्यादा मुकाबले का सामना करना नहीं पड़ा। क्योंकि उसका मुक़ाबला करने के लिए सिर्फ यादवों के मुहल्ले के लोग ही थे, सारे गांव वाले उनके साथ नहीं थे।

उसने बड़ी आसानी से उनका मुक़ाबला किया। यादवों के मुहल्ले के लोग हार गए और उसने लूट में ख़ूब माल उस मुहल्ले से हासिल किया, और इसके बाद उस ने ठाकुरों के मुहल्ले को निशाना बनाया। उसे बड़ी ख़ुशी हुई कि यहां भी उसको गांव के सभी लोगों से मुक़ाबला नहीं करना पड़ा, सिर्फ़ ठाकुरों के मुहल्ले के लोगों का मुक़ाबला करना पड़ा। अपनी इस कामयाबी पर वो बहुत ख़ुश था।

अब उसने मुस्लमानों, पंडितों और महाजनों के मुहल्लों पर डाका डालने का मन्सूबा बना लिया था। उसका अर्से का ख़्वाब पूरा हो गया था, फूल पूर के लोगों को लूट कर उनकी धन-दौलत हासिल करने का, अब वो बड़ी आसानी से फूल पूर को लूट कर उन्हें कंगाल कर देगा, उनकी सारी दौलत अपने ख़ज़ाने में जमा करके ख़ुद मालदार बन जाएगा।

इसके बाद उसने मुस्लमानों के मुहल्ले को निशाना बनाया। वहां भी उसके हाथ बड़ी कामयाबी आई। मुहल्ले के लोगों ने ही उसका मुक़ाबला किया जो उसके सामने टिक नहीं सके। उसके बाद जग्गा ने मुहल्ले में ख़ूब लूट मार मचाई। वो कामयाबी पर कामयाबी हासिल करता रहा, लेकिन फूल पूर के लोगों को होश नहीं आ रहा था। वो उसकी चाल नहीं समझ रहे थे, वो तो बस इस में ख़ुश थे, कि जग्गा उनपर हमला नहीं कर रहा है, अब वो रात में मीठी नींद सो रहे हैं।

लेकिन इसके बदले में उनका गांव कितना बड़ा नुक़्सान उठा रहा है, और जग्गा की ताक़त किस तरह बढ़ती जा रही है, वो ख़ुद समझ नहीं पा रहे थे। गांव वालों में दूरियां बढ़ती जा रही थीं।

दलित, यादव, ठाकुर, मुस्लमान सब दूसरे तमाम मुहल्ले वालों से नफ़रत करने लगे थे कि जब जग्गा ने उनके मुहल्ले पर हमला किया तो उन्होंने उनकी कोई मदद नहीं की, अब उसके बदले में जग्गा जब उनके मुहल्ले पे हमला करेगा तो वह भी उनकी कोई मदद नहीं करेंगे।

अब अगर जग्गा किसी मुहल्ले पर हमला करने का ऐलान भी करता और उस मुहल्ले के लोग दलित, यादव, मुस्लिम और ठाकुरों के मुहल्ले में मदद मांगने जाते भी तो वो लोग साफ़ कह देते कि...

'जब जग्गा ने हमारे मुहल्ले पर हमला किया था तो क्या तुम लोग हमारी मदद को आए थे? हम लोगों ने अकेले ही उसका मुक़ाबला किया था, अब तुम लोग भी

अकेले ही उसका मुक़ाबला करो, हम लोग तुम्हारी मदद को नहीं आएंगे, तुम्हारी मदद न करने की वजह से हम लोग लुटे हैं, अब हम तुम्हारी मदद नहीं करेंगे, अब तुम्हारी लुटने की बारी है।'

उन लोगों का ये जवाब सुनकर वो लोग लाजवाब हो जाते और मायूस हो कर वापस चले जाते, और अपने आपको जग्गा से बचाने की तैयारी में लग जाते। लेकिन जो गांव के बुज़ुर्ग थे वो समझ रहे थे जो कुछ हो रहा है ठीक नहीं हो रहा है, इसमें गांव वालों का ही नुक़्सान है, और जग्गा का ही फ़ायदा है। जग्गा की ताक़त तोड़ने के लिए फिर से हम लोगों को एक होना चाहिए और जग्गा ने अपनी चालबाज़ी से जो नफ़रत का बीज सारे गांव में बो दिया है उसको जड़ से उखाड़ फेंकना चाहिए। और इसपर अमल करने का मौक़ा जल्द आ गया।

जग्गा ने पंडितों के मुहल्ले पर हमला करने का ऐलान किया, ये सुनकर पण्डित लोग बेहद घबराए, वह लड़ाई झगड़ा करने वाले लागे नहीं थे, उनको अपनी जान भी प्यारी थी, और माल भी। वह मदद के लिए सारे गांव के लोगों के पास जाने लगे।

लेकिन जिन लोगों के मुहल्ले पर जग्गा हमला कर चुका था, उन लोगों ने तो साफ़ कह दिया जब हम पर जग्गा ने हमला किया था तो किसी ने हमारी मदद नहीं की थी, इसलिए हम भी किसी की मदद नहीं करेंगे, और जिनपर हमला नहीं हुआ था उन्होंने कह दिया जग्गा हम पर तो हमला नहीं कर रहा है, इसलिए हम क्यों उससे दुश्मनी मोल लें, जिनपर हमला करने वाला है वो इससे निपटें, उसका मुक़ाबला करें।

लेकिन बुज़ुर्गों को लगा यह सोच पूरे गांव को तबाह कर देगी, इसलिए उन्होंने सारे गांव के लोगों को बुलाया और समझाया। 'ये जग्गा की चाल है, उसने हम लोगों को मुहल्लों में बांट दिया है और पूरे गांव को कमज़ोर कर दिया है। पहले हम पूरे गांव वाले थे, मुहल्लों में बंट हुए नहीं थे, तो हम मिलकर जग्गा का मुक़ाबला करते थे, और उसको मार भगाते थे।

लेकिन अब जब हम को जग्गा ने मुहल्लों में बांट दिया है, हमारा गांव कमज़ोर हो गया है, और जग्गा की ताक़त बढ़ गई है, इसलिए जग्गा के हर हमले का हमें मिलजुल कर मुक़ाबला करना चाहिए।'

इसपर वो लोग जिनके मुहल्लों पर जग्गा हमला कर चुका था, बिफर कर बोले कि जब हम पर हमला हुआ था तो गांव वालों ने हमारा साथ नहीं दिया था। इसलिए हम भी गांव वालों का साथ नहीं देंगे। इसपर बुज़ुर्गों ने उन्हें समझाया।

'ठीक है तुम लोग उन लोगों का साथ न देकर उनसे बदला ले रहे हो, अच्छी

बात है, लेकिन ये सोचो! जग्गा ने एक बार तुम पर हमला किया है, क्या दुबारा तुम्हारे मुहल्ले पर हमला नहीं करेगा? उस वक़्त भी तुम लोगों को अकेले ही उसका मुक़ाबला करना पड़ेगा।'

यह बात सुन कर वह लोग सोच में पड़ गए।

'इसलिए पूरे गांव की, हम सबकी भलाई इसी में है कि जो कुछ हुआ उसको हम भूल जाएं, हम फिर से एक हो जाएं और जग्गा जब भी गांव के किसी मुहल्ले पर हमला करे, पूरा गांव एकजुट हो कर उसका मुक़ाबला करे। आज वो पंडितों पर हमला करने वाला है, पण्डित उसका मुक़ाबला करेंगे और लुट भी जाएंगे, दुबारा फिर अगर वो ठाकुरों पर हमला करेगा तो ठाकुर भी लटेंगे।'

इन बुज़ुर्गों की बातें गांव वालों की समझ में आ गईं, और उनकी समझ में जग्गा की चाल भी आ गई और एकता की ताक़त भी, और सब ने ऐलान कर दिया।

'फूल पूर गांव आज के बाद पहले की तरह एकजुट रहेगा, किसी भी मुहल्ले में जग्गा का हमला पूरे गांव पर उसका हमला समझा जाएगा, और उसका मुक़ाबला सिर्फ उसी मुहल्ले के लोग न करें, सारे गांव वाले करेंगे।'

जग्गा ने पंडितों के मुहल्ले पर हमला किया, लेकिन वहां उसका सामना सिर्फ़ पंडितों से न हो कर सारे गांव के लोगों से हुआ। उसे बुरी तरह मार खानी पड़ी और खाली हाथ भागना पड़ा।

इस तरह एक बार फिर एकता की ताक़त के सामने जग्गा हार गया।

✍✍

इनाम

रात का खाना खा कर अनज़ल अभी सोने की तैयारियां कर रहा था कि बाहर से जावेद की आवाज़ सुनाई दी।

'अनज़ल...अनज़ल। जाग रहे हो या सो गए?'

'जाग रहा हूं...' जवाब देते हुए वो दरवाज़े के पास आया तो बाहर का मंज़र देखकर ठिठक कर रह गया।

बाहर जावेद के साथ साथ साजिद और उसामा भी थे।

'क्या बात है तुम तीनों इतनी रात को एक साथ? कोई ख़ास बात है?'

'अरे बात ही ऐसी है कि सुन कर तुम ख़ुशी से झूम उट्ठोगे।' जावेद बोला।

'तुम ज़रा घर से बाहर तो आओ।'

'अम्मी! जावेद, साजिद, उसामा आए हैं, मैं उनके साथ ज़रा बाहर जा रहा हूं।' अनज़ल ने अपनी अम्मी से कहा और मकान के बाहर आया।

'बहुत रात हो गई है बेटा, जल्दी वापिस आ जाना।' उसकी आवाज़ सुनकर अंदर से अम्मी ने कहा।

'जी अम्मी...' उसने जवाब दिया और फिर बाहर आकर जावेद से पूछा।

'अब बताओ, इतनी रात को तुम लोग एक साथ कैसे? क्या मामला है?'

'कहा ना... बात ऐसी है कि सुन कर तुम झूम उट्ठोगे।' जावेद बोला।

'अब पहेलियां मत बुझाओ और साफ़ साफ़ कहो क्या बात है?' उसने जावेद से पूछा।

'अब तुमको जी भर के लल्लू हलवाई के गुलाब जामुन, बर्फ़ी ,पेड़े खाने को मिलें तो तुम्हारी क्या हालत होगी।' जावेद ने पूछा।

'ये ख़्वाबों की बात मत कर यार। लल्लू हलवाई की मज़ेदार मिठाईयां हमारी क़िस्मत में कहां, हफ़्ता में एक-आध बार पच्चास ग्राम कोई मिठाई खाने को मिल जाती है और तुम दिल भर के खाने की बात कर रहे हो, लल्लू हलवाई की

मिठाईयां इतनी मज़ेदार होती हैं कि अगर हम एक एक किलो मिठाई भी खा लें तो दिल न भरे।' उसने कहा।

'तो समझ लो... आज तुम्हें सारी मिठाईयां एक एक दो दो किलो खाने के लिए मिल जाएंगी।' जावेद बोला।

'क्या बात है! आज क्या तुम्हारी लॉटरी लगी है। या कोई ख़ुफ़िया ख़ज़ाना मिल गया है, जो तुम लल्लू हलवाई की मज़ेदार मगर महंगी मिठाईयां एक एक दो दो किलो खिलाने की बात कर रहे हो।' अनज़ल बोला।

'बिलकुल! नेकी और पूछ पूछ। लेकिन अभी तो नौ बज रहे हैं, और लल्लू हलवाई की मिठाई की दूकान साढ़े आठ बजे बंद हो जाती है। अगर उस वक़्त तुम्हारी जेब में एक लाख रुपय भी होंगे तो भी वो किसी काम के नहीं, क्योंकि इन रूपयों से हम लल्लू हलवाई की मिठाईयां तो खाने से रहे क्योंकि दूकान तो बंद हो गई है।' अनज़ल ने हंस कर कहा।

'इसके बावजूद अगर मैं तुम्हें भर पेट मिठाईयां खिला दूं तो?'

जावेद उसकी तरफ़ शोख़ नज़रों से देखता हुआ बोला।

'मज़ाक़ मत कर यार। लल्लू हलवाई और उसकी लज़ीज़ मिठाईयों के खाने के ख़याल से ही मेरे मुंह में पानी आ रहा है। अगर वो खाने को नहीं मिलें तो रात-भर ख़्वाब में आंखों के सामने वही मिठाईयां नाचती रहेंगी, और मुंह में पानी आता रहेगा।' अनज़ल बोला।

'नहीं यार... आज ये मेरा वादा है, मैं तुमको और अपने तमाम दोस्तों को जी भर के लल्लू हलवाई की मिठाईयां खिलवाऊंगा।' जावेद एक यकीन से बोला।

'तो चलो, अभी चल कर मिठाईयां खाते हैं।' अनज़ल बोला।

'चलो, साजिद और उसामा को भी मैंने मिठाईयां खिलाने के लिए बुलाया है।' जावेद बोला।

और सब उस तरफ़ चल पड़े जिस तरफ लल्लू हलवाई की मिठाई की दूकान थी। रात के नौ बज रहे थे, सारी दुकानें बंद हो गई थीं, सड़कें भी सुनसान थीं, लोग अपने अपने घरों में या तो रात का खाना खा रहे थे या फिर टीवी देख रहे थे या फिर सोने की तैयारी कर रहे थे।

और उन लोगों को जावेद लल्लू हलवाई की मिठाईयां खिलाने के लिए ले जा रहा था, लेकिन लल्लू की दुकान तो इस वक़्त बंद हो चुकी होगी। फिर जावेद कहां से उनको लल्लू की मिठाईयां खिलाएगा? क्या आज वो लल्लू हलवाई को घर से बुला कर मिठाई की दुकान खोलने के लिए कहेगा और उनको उनकी पसंद की मिठाईयां खिलाएगा।

लेकिन लल्लू किसी भी सूरत में दुबारा अपनी दुकान खोल कर उन्हें मिठाईयां देने के लिए तैयार नहीं होगा, तो क्या फिर जावेद ने पहले से ढेर सारी मिठाईयां लल्लू की दुकान से ले रखी हैं? इन बातों के बारे में सोचता वो चुपचाप उन लोगों के साथ लल्लू हलवाई की मिठाई की दुकान की तरफ़ बढ़ रहा था। आख़िर वो लल्लू की दुकान के पास पहुंच गए, दुकान बंद थी, बंद दुकान को देख कर अनज़ल ने बुरा सा मुंह बनाया ।

'दुकान तो बंद है फिर किस तरह तुम हमें मिठाईयां खिलाओगे? क्या लल्लू हलवाई को घर से बुला कर दुकान खुलवाओगे, और मिठाईयां खिलवाओगे?' अनज़ल ने पूछा।

'आज दुकान खोलने के लिए लल्लू को घर से बुलाने की ज़रूरत नहीं है, आज इस दुकान का मालिक जावेद है।' जावेद ने सीना फुला कर कहा।

'क्या बात है, आज क्या लल्लू ने तुम को अपनी मिठाई की दुकान की चाबी दे दी है।' उसने पूछा।

'बस ऐसा ही समझो, दुकान की चाबी भी मेरे पास है, और दुकान का मालिक भी मैं हूं...' जावेद बोला।

'मगर लल्लू ने किस ख़ुशी में आज तुम को अपनी दुकान की चाबी दी है?' उसने पूछा।

'तुमको इससे क्या लेना, तुम आम खाओ, पेड़ गिनने की तुमको कोई ज़रूरत नहीं, ये बताओ तुम लोगों को मिठाईयां खानी हैं या नहीं।' जावेद बोला।

'खानी हैं यार, ज़रूर खानी हैं।' उसामा बोला।

'मिठाईयां खाने के लिए ही तो इतनी रात को हम तुम्हारे साथ आए हैं।' साजिद जल्दी से बोला।

'हां मेरा भी लल्लू हलवाई की ढेर सारी मिठाईयां खाने का मूड है, अब ये बताओ तुम हमें मिठाईयां किस तरह खिलाओगे?' अनज़ल ने पूछा।

'दुकान खोल कर।' जावेद ने जवाब दिया।

'ठीक है तो फिर दुकान खोलने के लिए चाबी मुझे दो।' अनज़ल बोला।

'चाबी की ज़रूरत नहीं है, दुकान तो पहले ही से खुली है।' जावेद बोला।

'खुली है? कौन कहता है दुकान खुली है, दुकान तो बंद है।' अनज़ल जल्दी से बोला।

'ज़रा गौर से दुकान में लगे शटर के ताले को देखो।' जावेद ने कहा तो सब ग़ौर से बंद दुकान के शटर के ताले को देखने लगे। अचानक सब हैरत से उछल पड़े।

'अरे...! ये दुकान के शटर का ताला तो खुला हुआ है।' सब ने एक आवाज़ में कहा।

'हां... अब किस बात का डर है, शटर उठाओ, दुकान खोलो और दुकान में रखी मिठाईयां दिल भर के खाओ।' जावेद बोला।

'लेकिन तुमको कैसे पता चला कि इस दुकान का ताला खुला हुआ है।' अनज़ल ने घूरते हुए जावेद से पूछा।

'आज एक काम से मैं इस जगह से गुज़र रहा था तो मैंने देखा लल्लू दुकान बंद कर रहा है, मैं बे-ख़्याली में रुक गया और लल्लू को दुकान बंद करते हुए देखा, लल्लू ने शटर को ताला लगाया और अपने घर की तरफ़ चल दिया, मैं भी अपने घर की तरफ़ जाना ही चाहता था कि पता नहीं क्यों दिमाग में एक ख़याल बिजली की तरह आया कि लल्लू ने दुकान में ताला लगाया है या नहीं? तो मैं दुकान के क़रीब गया, क़रीब जाकर देखा तो दिल उछल कर हलक़ में आ गया, शटर का ताला खुला था, लल्लू जल्दी में दुकान का ताला अच्छी तरह लगाना भूल गया था, फिर किया था दुकान का खुला हुआ ताला देख कर ऐसा महसूस हुआ जैसे बिल्ली के भागों छींका टूटा हो, या मैं दुकान का मालिक बन गया हूं... और सचमुच इस वक़्त मैं क्या हम सब इस दुकान के मालिक हैं। बोलो हैं या नहीं?' जावेद ने सवालिया नज़रों से उनकी तरफ़ देखा।

'भला हम इस दुकान के मालिक किस तरह हो सकते हैं?' साजिद ने जावेद की आंखों में देखते हुए पूछा।

'सीधी सी बात है, हम अभी दुकान का शटर धीरे से खोलेंगे और सब दुकान में दाख़िल हो जाएंगे, और फिर धीरे से दुकान का शटर बंद कर देंगे, बाहर से हर किसी को ऐसा महसूस होगा कि दुकान बंद है और हम दुकान के अंदर होंगे। हम दुकान के मालिक होंगे। दुकान की हर मिठाई को दिल खोल कर खा सकेंगे, बरसों की तमन्ना जो कभी ख़्वाब में की होगी, आज हमारी वो तमन्ना पूरी हो जाएगी।' जावेद बोला।

'वाह यार जावेद। आज तो तुमने कमाल कर दिया। एक ऐसी कौड़ी ढूंढ कर लाए जो हीरे के बराबर है।' उसामा बोला।

'बस समझ लो आज हमारे सितारे बुलंदी पर थे, अब देर किस बात की है, सड़क सुनसान है, कोई हमें देख नहीं रहा है, जल्दी से दुकान का शटर खोल कर दुकान में दाख़िल हो जाओ और शटर गिरा दो...और मिठाईयों पर टूट पड़ो।' जावेद बोला।

'चलो...' साजिद दुकान की तरफ़ बढ़ा। उसामा भी उसके पीछे चल दिया।

'रुको...' अनज़ल ने उन्हें रोका।

'क्यों?' दोनों ने मुड़कर अनज़ल की तरफ़ देखा।

'जल्दी में कोई क़दम नहीं उठाना चाहिए। मुझे कुछ सोचने दो।' अंज़ल बोला।

'तुम क्या सोचोगे? सोच कर 'नहीं' कहोगे, ये अच्छी बात नहीं है, इस तरह चोरी करके मिठाईयां खानी अच्छी बात नहीं है।' जावेद बुरा सामना बना कर बोला।

'माना कि हम चोरी करके मिठाईयां खाएंगे, लेकिन दिल भर के मिठाईयां खाने के बाद हम दुबारा दुकान बंद करके वापस अपने अपने घरों को चले जाऐंगे, हम दुकान की किसी चीज़ को हाथ नहीं लगाएंगे। ना मिठाईयां दुकान से बाहर जाएंगी ना पैसे। बस जितनी मिठाईयां खानी है खाएंगे, इतनी ढेर सारी मिठाईयों में थोड़ी सी मिठाईयां कम हो जाएंगी तो लल्लू को भी इसका पता नहीं चलेगा।'

जावेद अनज़ल से बोला। 'क्या इस तरह से मिठाईयां खाना बुरी बात है।'

'ऐसी बात नहीं है, बल्कि मैं कुछ और ही सोच रहा हूं।' अनज़ल बोला।

'क्या सोच रहे हो, बस एक ही बात सोच रहे होगे, इस तरह चोरी से मिठाईयां खाना बुरी बात है, ठीक है अगर मिठाईयां नहीं खानी हैं तो हम सब वापस घर चलते हैं।' जावेद गुस्से से बोला।

'जावेद मैं मिठाईयां खाने के बाद की बात सोच रहा हूं।' अनज़ल बोला ।

'मिठाईयां खाने के बाद क्या होगा?' जावेद ने गुस्से से कहा।

'माना हम दुकान में घुस गए, हमने जी भर कर मिठाईयां खाईं और दुबारा दुकान का शटर लगा कर अपने अपने घर आ गए।' अनज़ल बोला।

'हमें यही तो करना है, घर आ जाने के बाद किसको पता चलेगा कि हमने मिठाईयां खाईं हैं।' जावेद बोला।

'मैं ये सोच रहा हूं जावेद, चलो हमने दिल खोल कर मिठाईयां खाईं और शटर लगा कर अपने घर आ गए। इस तरह दुकान तो खुली रहेगी। ऐसे में जिस तरह तुम्हारी नज़र दुकान के ताले पर पड़ी थी, खुदा न करे किसी चोर की नज़र पड़ गई तो वो फ़ौरन दुकान में घुस जाएगा और सारी क़ीमती चीज़ें चुरा लेगा। लल्लू जब सवेरे दुकान में आएगा तो उसे पता चलेगा कि दुकान में चोरी हो गई है तो वो पुलिस में रिपोर्ट करेगा। पुलिस चोर को तलाश करेगी, अगर किसी तरह उन्हें ये पता चल गया कि हम चारों दुकान में घुसे थे तो चोरी का सारा इल्ज़ाम हम पर आएगा। इस तरह थोड़ी सी मिठाईयों के लिए हम बड़ी मुसीबत में फंस सकते हैं।' अनज़ल बोला।

'तो ठीक है हम इस मुसीबत में न पड़ते हुए वापस अपने अपने घरों को चले जाते हैं, मिठाईयां नहीं खाएंगे।' जावेद बोला।

'हां, लेकिन इस तरह घर चले जाने से हम तो मुसीबत में फंसने से बच जाऐंगे, लेकिन बेचारा लल्लू हलवाई मुसीबत में फंस जाएगा।' अनज़ल बोला।

'लल्लू हलवाई मुसीबत में फंसे इससे हमें किया?' जावेद बोला। और वह भला किस तरह किसी मुसीबत में फंस सकता है?'

'अरे किसी चोर की नज़र इस खुले हुए ताले पर पड़ गई तो वो अंधेरे में दुकान खोल कर दुकान में घुस जाएगा और दुकान का सारा पैसा, क़ीमती सामान चोरी नहीं करेगा?' अनज़ल बोला।

'तो इसके लिए हम क्या कर सकते हैं?' जावेद नरमी से बोला।

'एक छोटी सी नेकी जिसका सिला शायद हमें दुनिया में ना मिले लेकिन आख़िरत में ज़रूर मिल सकता है।' अनज़ल बोला।

'कैसी नेकी...?' साजिद ने पूछा।

'हम लल्लू हलवाई के घर जा कर उससे कह देंगे तुम्हारी दुकान का ताला खुला है। वो आकर ताला दुबारा अच्छी तरह लगा देगा, और इस तरह उस पर जो मुसीबत आने वाली है वो टल जाएगी।' अनज़ल बोला।

'हां, ये अच्छी बात है। मैं लल्लू हलवाई का घर जानता हूं, मैं ही उसके घर जाकर उसको सारी बात बताता हूं...' जावेद बोला।

'ठीक है उसामा, तुम भी जावेद के घर जाओ, मैं और साजिद तब तक यहां खड़े दुकान पर पहरा देते हैं।' अनज़ल ने कहा।

जावेद और उसामा लल्लू हलवाई को बताने के लिए उसके घर चले गए। अनज़ल और साजिद आपस में बातें करने लगे।

'तुमने एक अच्छा काम किया अनज़ल, अच्छा मश्वरा दिया, लेकिन इस नेकी का सिला तो हमें बाद में मिलेगा। फ़िलहाल हमारा इतना नुक़्सान ज़रूर हुआ है कि हम लल्लू की मिठाईयां खाने से रह गए हैं।' साजिद बोला।

'नेकी कभी भी बेकार नहीं जाती, नेकी का सिला मिलकर ही रहता है।' अनज़ल ने उसे समझाया। थोड़ी देर बाद जावेद और उसामा लल्लू हलवाई के साथ आए।

लल्लू ने जैसे ही अपनी दुकान का ताला खुला हुआ देखा, उसका दिल धक से रह गया ।

'बहुत बहुत शुक्रिया मेरे बच्चो...! आज तुम्हारी वजह से मैं लुटने, बर्बाद होने से बच गया, आज मैंने दुकान के काउंटर में कई लाख रुपय नक़द रखे थे, अगर तुम्हारी बजाए किसी चोर की नज़र खुले हुए ताले पर पड़ती तो वो तो सारा काउंटर साफ़ करके मुझे बर्बाद कर देता।' लल्लू हांपता हुआ बोला।

'ठीक है चाचा। चलिये अब अपने हाथों से अच्छी तरह ताला लगाईये।' अनज़ल बोला।

'नहीं मेरे बच्चो...! मैं अभी ताला नहीं लगाऊंगा, दुकान खोलूंगा, तुमने जो मेरा इतना बड़ा नुक़्सान होने से बचाया है इसका तुम लोगों को कुछ न कुछ इनाम तो मिलना चाहिए, अन्दर आओ, आज तुम मेरी मिठाईयों में से जो मिठाई जितनी चाहे पेट भर के, दिल भर के खा सकते हो।' लल्लू बोला।

लल्लू की बात सुनकर जावेद, उसामा, और साजिद की आंखें हैरत से फैल गईं।

लेकिन अनज़ल धीरे से मुस्कुरा रहा था, उनकी नेकी का न सिर्फ उन्हीं सिला मिल गया था बल्कि इनाम भी मिल था।

✍✍

तमांचा

'साहब! बूट पॉलिश!'

वह सामने आकर खड़ा हो गया। मैंने झल्ला कर एक गुस्से भरी नज़र डाली। एक तो गाड़ी दो घंटे लेट हो गयी थी, इंतिज़ार की झल्लाहट ने अध-मरा सा कर दिया था। उस पर यह हॉकर चैन से एक पल भी बैठने नहीं देते। हर दो-चार मिनट बाद कोई अखबार वाला, कोई फल वाला आ जाता था। अभी उनसे ही निपट नहीं पाया था कि अब बूट पॉलिश वाले भी तंग करने लगे।

मैंने गौर से उसे देखा।

उम्र यही कोई १५-१६ साल रही होगी, जिस्म पर कपड़े फटे, पुराने थे और उनपर जगह जगह पैवंद नज़र आ रहे थे। सिर के बाल बिखरे हुए थे। ऐसा लगता था जैसे उन्हें कई दिनों से तेल नहीं मिला हो। चेहरे पर एक अजीब सी बेबसी झलक रही थी।

'भाग जाओ!' मैं गुस्से में दहाड़ा। 'मुझे नहीं करानी है पॉलिश।'

मेरी दहाड़ सुनकर वह सहम गया। फिर मेरे गंदे जूतों पर एक हसरत भरी नज़र डालता हुआ जाने लगा, तो पता नहीं क्या सोच कर मैंने उसे रोक लिया।

'सुनो...'

वह रुका और तेजी से मुड़ा। उसके चेहरे पर उम्मीद की किरणें जगमगाने लगीं।

'बूट पॉलिश का क्या लोगे?' मैंने पूछा। गाड़ी आने में वक्त था। मैंने सिर्फ यही सोच कर उसे रोका था कि शायद उससे बातचीत में ही कुछ वक्त भी गुज़र जाए।

'जी, पांच रुपये!' उसकी आंखों में हजारों सपने जगमगा रहे थे।

'दो रुपये दूंगा।' मैंने भी उसकी दुखती रग पर हाथ रख दिया। वैसे तो बूट पॉलिश के लिए मैं छह रुपये तक भी दे दिया करता था, लेकिन उसको देखते ही, एक अजीब सी नफरत मुझे उस से हो गई थी। इसलिए मैंने उसे तंग करने के लिए

'दो रूपये' कह दिया था।

'तीन रुपये दे दीजिए सर!'

उसकी आवाज़ में बेबसी थी और साथ ही आवाज़ सहमी हुई भी थी।

'ठीक है।' मैंने बूट निकाल कर उसकी तरफ बढ़ा दिया।

'ज़रा जल्दी करना...और अच्छा करना...'

'अच्छा सर...!' कहकर पॉलिश से पहले वह जूतों की धूल साफ़ करने लगा।

अचानक मेरी नजर उसके बॉक्स पर गयी।

उसमें से कुछ किताबें झांक रही थीं।

'पढ़ते हो...?' मैंने यूंही पूछ लिया।

'हां सर...मैट्रिक में हूं...' उसने कहा।

'बूट पॉलिश भी करते हो और पढ़ते भी हो...?' मुझे कुछ अजीब सा लगा।

'साहब, इम्तिहान के लिए फीस जमा करनी है, इसलिए यह काम कर रहा हूं ताकि फीस जमा कर सकूं।'

अचानक, ट्रेन के आने की तेज़ सीटी ने मुझे चौंका दिया। मैंने झपट कर उसके हाथ से जूते ले लिये और उसकी तरफ पांच रुपये बढ़ा दिये।

'यह क्या साहब?' वह हैरत से मुझे तकने लगा। 'अभी तो मैंने जूते सिर्फ साफ किए हैं...आप पैसे किस लिए दे रहे हैं?'

'शट अप...' मुझे गुस्सा आ गया।

'भाग जाओ यहां से वर्ना मेरी गाड़ी छूट जाएगी।'

मैं तेजी से एक डिब्बे की तरफ बढ़ गया। लेट होने के कारण गाड़ी सिर्फ एक मिनट के लिए ही रुकने वाली थी।

अभी डिब्बे में मैंने जगह भी तलाश नहीं की थी कि गाड़ी चल पड़ी।

घर पहुंच कर जब मैंने अपना बैग टटोला तो जिस्म का खून जैसे सूख गया।

एक बड़ा सा लिफाफा नहीं था जिसमें कुछ कंपनियों के कई हजार रुपये के चेक और पांच हजार रुपये नकद थे।

कहां गिर गया? दिमाग पर लाख ज़ोर देने पर भी याद नहीं आया। तीन दिन का सफ़र था, पता नहीं कहां गिर गया होगा। उसमें कई अहम कागजात भी थे।

इस हादसे ने मुझे जैसे तोड़ कर रख दिया।

एक दिन इसी उलझन में ऑफिस में बैठा था कि डाकिया एक रजिस्ट्री लेकर आया।

खोल कर देखा तो उसमें सारे चेक, जरूरी कागजात और तमाम कैश के साथ एक ख़त था।

> 'सर, मैं वही बूट पॉलिश वाला लड़का हूं जिससे आपने मनमाड़ रेलवे स्टेशन पर बूट पॉलिश कराई थी। जल्दबाजी में आप यह लिफाफा भूल गये थे। वह लौटा रहा हूं। अच्छा हुआ, आपका पता आपके कागजात में मिल गया!'

इस ख़त ने मुझे झिंझोड़ डाला।

उफ्फ! मैंने इस लड़के के साथ बे-इ़ज़्ज़त करने वाला सुलूक किया था, लेकिन वह इतना बुलंद किरदार वाला निकला! वह चाहता तो इन कागजात और रूपयों को हड़प कर सकता था।

लेकिन उसने मुझे ऐसा तमांचा मारा जो जिंदगी भर मेरे लिए एक कभी न भरने वाला ज़ख़्म बन गया।